書簡詩

ホラーティウス
高橋宏幸 訳

講談社学術文庫

目次

第一巻 …… 11

凡例

・本書は、クイントゥス・ホラーティウス・フラックスによる『書簡詩』の全訳である。底本としては、以下のものを用いた。

Horace, *Epistles Book I*, edited by Roland Mayer, Cambridge: Cambridge University Press, 1994.

Horace, *Epistles Book II and Epistle to the Pisones* (*'Ars Poetica'*), edited by Niall Rudd, Cambridge: Cambridge University Press, 1989.

その他、翻訳にあたって参照したテクストは巻末「訳者解説」に掲げた。

・訳文の上段には、各詩篇の行数を一〇行ごとに示した。訳注および「訳者解説」では、この行数を用いて「一・一七・五二」(=第一巻第一七歌五二行)のように略記して箇所を指示する。

・固有名詞について、ギリシア人名はギリシア語形で、ローマ人名はラテン語形で表記した。長音は音引き記号を用いて表記したが、地名については、ギリシア語形、ラテン語形にかかわらず、慣用を優先した場合がある。

・訳注は「*1」の形で付し、注本文は各詩篇の末尾に配した。ただし、伝統的に『詩論』と称されてきた第二巻第三歌については、訳者による判断で施したまとまりごとに注を付した。

・〈 〉はテクストの真正が疑われる箇所を示す。

凡　例

・［　］は訳者による補足・注記を示す。
・訳注では、ホラーティウスの『諷刺詩』、『カルミナ』には原則として著者名を付さなかった。
・本書には、今日では差別的とみなされる表現が現れる。これらについては、可能なかぎり配慮して訳文を作成したが、古典的テクストであることを鑑み、ご理解を賜りたい。

書簡詩

第一巻

第一歌　マエケーナス宛

私のカメーナ[*1]が最初に歌った方よ、最後にもあなたを歌いましょう。

ですが、すでに卒業の証に木刀をいただいている私[*2]にご所望でしょうか、
マエケーナス[*3]よ、再び昔の手習いに打ち込むことを。

歳もとり、気持ちも変わりました。ウェイアーニウス[*4]も武具を
ヘルクレースの柱に掲げたあとは田舎に隠居しています。

それでもう、何度も試合の最後に観客[*5]から赦しを乞わずともよいのです。

それに、私が耳を澄ますと、しきりに鳴り響く声がします[*6]。

「分別があるなら、老いた馬は早めに引退させよ。そうすれば、
躓いたり、息切れしたりして笑い物になる羽目を見ることもない[*7]」。

　かくして今、私は詩行も他の手慰みもしまいにしています。

何が正しく、ふさわしいか心を傾けて問うこと[*8]、今の私にはそれがすべてです。

今、蓄え、積み上げておけば、いつか引き出して使えるでしょうから。

でも、お尋ねにならないでください、私の身を預ける師範や主家のことなど。

10

私は誰か師匠について誓詞（せいし）を復唱*9したことはないのですから、
どこへ流れるも風まかせ、行き着く先を宿とするまでです。
実践の人として市民生活の波間に身を投じ、
本当の美徳の厳格な番人にして衛兵*10となる時もあれば、
こっそりアリスティッポス*11の教えに逆戻りして、
私を世界にではなく、世界を私に従わせるべく努める時もあるのです。
　恋人に嘘をつかれた男の夜は長く、昼間を　20
長いと思うのは請負仕事のある者たちで、一年がまだるっこしいのは
母親の頑固な監督で抑えつけられている年少の子供らです。
そんなふうに私にも時間はのろのろと流れてうらめしい。希望と
計画の実行*12が遅れるばかりですから。それは精進すれば
貧しい人たちにも富める人たちにも等しく益することです。
なおざりにすれば子供たちにも年寄りにも等しく損失となるでしょう。
私に残る道はこれまでに得た基礎知識で自分を律して慰めとすることです。
どんなに目がよくてもリュンケウス*13と争うことはできません。
でも、だからといって、爛（ただ）れ目*14に軟膏を塗ることを疎（おろそ）かにはしません。
また、不敗のグリュコーンの肉体を望まないからといって、　30

自分の身体から痛風の節くれ[15]を遠ざけなくてよいとは思わないでしょう。ですから、ある程度までで、それ以上に進まなくても役に立つのです。
強欲と憐れな欲求のために胸が煮え立っているとき、言葉と声があれば、この苦痛を癒して業病の大半を除去することもできます。名誉欲に心が膨れている時にも定番のお清めがあります。その案内書[16]を三回読めば、きれいさっぱり生き返った気になれるでしょう。やっかみ、短気、怠け者、酒飲み、女好き、誰であれ、手なずけられないほど獰猛な人間はいません。ただ、躾(しつけ)を辛抱して受け入れる耳があればいいのです。

40

美徳の第一歩は悪徳からの脱却、知恵の第一歩は愚昧の排除です。いいですか、これが最悪だとお思いの苦、つまり、財産の減衰やら落選の憂き目やらを避けようとするとき、人はどんな労苦も厭(いと)わず一生懸命です。商人なら最果てのインドまで身軽に駆けてゆきます。貧乏を脱するためには海を越え、岩山を越え、火をくぐるのです[17]。でも、愚かしい賞賛や切望に心を奪われないように学んでみませんか。よりよい意見を聞いて心を寄せたいと思いませんか。
村祭りや区民祭まわりをする力自慢でも
大オリュンピア祭の栄冠に心動かぬはずはありません。なぜって、見込みも
保証もあるのですよ、砂にまみれず勝利の美酒が味わえるという。[*18]

50

　銀の価値は黄金に劣りますが、その黄金も美徳には劣ります。
「市民諸君、第一に求めるべきは金だ。
美徳は銭の次だ」。ヤーヌス[*19]は上の端から下の端まで、このように
教え、それを老いも若きも繰り返し復誦しています。
〈子供のように左肩からカバンと書板をぶら下げています。[*20]〉
あなたには気概もあり、素行もよく、弁が立ち、信頼もある。
でも、四〇万セステルティウス[*21]に六〇〇〇か七〇〇〇足りない。とすると、
あなたは平民です。子供たちの遊び歌にあります、「王様になるには
正しいことをしなくちゃ[*22]」って。青銅の防壁とすべき銘はこうです。
「己にやましいところなくば、いかなる譴責にも青ざめず」。

60

どうかおっしゃってください。どちらが優るでしょうか、ロスキウス法[*23]と子供たちの
戯（ざ）れ歌と。こちらは王権を正しい行いをする人々に授け、
男らしいクリウスやカミッルス[*24]のような人たちがいつも歌っていました。

あなたは誰の勧めに従いますか。こんな持論の人ですか。「財をなせ、財だ。
できれば、正しいやり方がいいが、無理なら、どんな仕方でも財をなせ」。
それなら、プーピウス[25]の涙誘う詩劇をより近くから見られるでしょう。
それとも、あなたのそばで、居丈高な運の女神に歯向かえ、
自由であれ、まっすぐに立て、と励まし、心構えをつけてくれる人ですか。
70
　でも、もしやローマ国民が私に尋ねるかもしれませんね。どうして
柱廊[26]が同じなのに同じ考えをもたないのか、
彼らの好みに従わず、嫌うものを避けないのはなぜかって。
では、その昔、用心深い雌狐が病気のライオンにした
答えを語って聞かせましょう。「なぜって、その足跡が怖いんです。
全部あなたのほうへ向いていて、戻ってくるものがないんですから[27]」。
あれは頭がたくさんある獣です[28]。いったいどこの誰に従えばいいのでしょう。
中には公共事業の請け負いに喜ぶ人もあります。人によっては
お菓子[29]や果物を餌に欲深い独り身の女を釣り上げ、
老人をもてなしては、養魚池へ送っています[30]。
80
目につかぬ利子でたくさんの人が殖財しているのです。でも、
人はそれぞれ違うことに熱意をもつものとしましょう。

90

そんな人たちに同じことが一時間でも変わらずに気に入るでしょうか。
「世界中のどんな入り江もバイアエ[*31]ほど風光明媚ではない」
と金持ちが言えば、いつでも湖と海は身にしみて味わうのです、欲求を
満たすのにせっかちな主人を[*32]。でも、また、不埒な気紛れが
お告げをしたとすると、言うのです、「明日、仕事道具をテアーヌム[*33]へ
運べ、大工衆」と。氏神の床[*34]が広間にある人は
言います、何がいちばんいいって独身生活にまさるものはない、と。
「氏神の床が」ない人は誓言します、幸せなのは既婚者だけだ、と。
どんな結び目を使えば、相貌を変えるプローテウス[*35]を捕縛できるのでしょう。
貧乏人はどうでしょう。笑ってください。変えるんです、屋根裏、寝椅子、
浴場、床屋[*36]を。貸しボートに乗れば、やっぱり
船酔いするのは三段櫂船を自由に乗りまわす金持ちと同じです。
　もし私が床屋で髪を不揃いに刈られたところに
出くわしたら、笑いますよね。たまたま新品のトゥニカの下に
着古しの下着をつけていたり、トガがずれて曲がっていたりすれば[*37]、
笑いますよね。では、どうでしょう、私の考えがそれ自身と衝突したら。
求めたものをはねつけ、さっき捨てたものをまた求め、

100

常に右へ左へ揺らいで、人生のあらゆる節目に折り合わず、
壊しては築き、四角のものを丸に変えるとしたら。
私の頭が変になっても、いつものことだと考えて笑いませんよね。[*38]
必要だとは思いませんよね、医者を呼ぶことも、介添人を
法務官に決めてもらうことも。でも、私の財産となると、守るのが
あなたの務めです。たかが爪の切り損ないでも腹を立てますよね、
あなたを頼り、あなたを敬愛する友人のことなのですから。
　要するに、賢人にまさるのはユッピテル[*39]だけです。富と
自由と栄誉と美しさをそなえ、王の中の王にして、
なかんずく健常です。ただし、風邪に悩まされている時は別ですが。

訳注

＊1　カメーナは詩歌を司るローマの女神。ギリシアのムーサに相当する。ここでは「歌」と同義。
＊2　「木刀」は剣闘士が引退の時に授けられる。詩人は詩集の出だしを、自分がすでに詩作から引退した身である、という逆説で始めている。
＊3　詩人のパトロン。「訳者解説」参照。
＊4　当時の剣闘士。引退の時には職業に関わる神格に自分の道具を奉納するのが慣わしなので、ここでは、武勇に優れるヘルクレース（ヘーラクレース）神殿の柱にウェイアーニウスが剣闘士の武具を捧げ

た、と言われる。

＊5　字義どおりには「土俵の端［＝興行主の座る観客席最前列近く］から」で、そのような解釈もある。その場合、敗れた剣闘士が観客に赦免を求めた習慣を踏まえる。「試合の最後に」は、「何度も」と連動して、「赦し」が引退についてのものとする解釈による。観客がひいきの剣闘士になかなか引退を認めようとしなかったことを踏まえる。

＊6　哲学者ソークラテースが「ダイモーン（神霊）の声」を聞いたと言っていたこと（プラトーン『ソークラテースの弁明』三一D、同『パイドロス』二四二Bなどを参照）を踏まえる。

＊7　ギリシアの合唱抒情詩人イービュコス（前六世紀）の断片二八七で、年老いてから恋の火に捕われたことが、すでに名声を得ながら再び競走の場に出る老馬に喩えられたことを踏まえる。この断片はプラトーン『パルメニデース』一三七Aに引かれている。

＊8　哲学を修めようとしていることを示す。

＊9　剣闘士の誓い。

＊10　禁欲的なストア派の信条を踏まえる。

＊11　プラトーン（前四二七—三四七年）とほぼ同時代のキューレーネー派の快楽主義者。人間は世界を掌握すべきであり、世界によって掌握されるべきではない、と教えた。

＊12　哲学に専心すること。

＊13　千里眼で知られたギリシア神話の英雄。金羊毛皮を求めて東方へ航海したアルゴー号遠征に加わった。

＊14　ペルガモン出身の格技選手。「パンマコス［ボクシングとレスリングを合わせたような格技］の雷電」（『ギリシア詞華集』七・六九二・二）と言われた。

＊15　痛風は美食家の病気とされ、関節に石ができる。

＊16　哲学書がそうした清めの手引書となる、という意味。
＊17　「君は猛暑の下でも儲け話を見過ごさない。冬も火も海も剣も、何一つ君の障害になるものはない」（『諷刺詩』一・一・三八―四〇）。
＊18　「砂にまみれず」は「戦わずして」の意。第一級の選手は挑戦者がいないので戦わずして勝つ。それと同様に、美徳を求める人もその意志があれば苦労せずとも栄冠を得る、という勧め。
＊19　ヤーヌス（ianus）は、一方で普通名詞として「アーケード」を意味し、ここではローマの中央広場（フォルム）の一画に両替商が立ち並んだ通りを指している。同時にヤーヌスはアーチや門戸を司るローマ古来の神格でもある。ヤーヌス神は門戸と同じく両面をそなえ、前後を睨む二つの顔をもつが、その顔が銅貨に刻印されていた（オウィディウス『祭暦』一・二二九―二三二）。
＊20　この行は『諷刺詩』一・六・七四とまったく同じで、竄入として削除する校本が多い。
＊21　騎士階級に必要な財産。
＊22　古注によると、子供の遊びで「王様になるのは正しいことをする人。しない人はなれません」と歌われたという。また、「王（rex）」という言葉を「正しく（recte）」に結びつける語源説があった（キケロー『善と悪の究極について』三・七五参照）。
＊23　前六七年の護民官ルーキウス・ロスキウス・オトーによる立法。劇場観客席の前方一四列を特権として騎士階級に割り当てた。
＊24　いずれもローマの武勇を体現する人物。マーニウス・クリウス・デンタートゥスは、四度執政官を務め、対サムニウム人戦争や対ピュッロス戦争で勝利を収めた（それぞれ前二九〇、二七五年）英雄。マルクス・フーリウス・カミッルスは、前三九〇（または三八七）年、ローマをガッリア人の占領から解放した。
＊25　詳細不明。古注には詩行が引用されるが、作品は散逸した。

＊26　公衆が集い、会話を楽しむ場。

＊27　バブリオス『寓話』一〇三に、年老いて病んだライオンが見舞いに来た動物たちを食べていたところ、賢い狐はそばへ寄らず、ライオンの誘いに対してここに引用されるような言葉で答え、立ち去ったことが語られる。

＊28　付和雷同の危険から多様な意見の混乱へと話題を移す。

＊29　後世写本の読み（crustis）に従う。「がらくた（frustis）」の読みを採る校本もある。

＊30　遺産目当ての親切は『諷刺詩』二・五の主題とされ、そこでも金持ちの年寄りを集める場所が「養魚池」（四四）と表現された。

＊31　ナポリ湾の西に位置し、温泉保養地として知られる。現在も浴場の遺跡が残る。

＊32　浅瀬など水の中へ張り出して建てた別荘を念頭に置いている。

＊33　バイアエと同じくカンパーニア地方にある保養地だが、内陸にある。

＊34　結婚の象徴として氏神（Genius. 各人の守護神）に捧げて広間に置かれた。

＊35　姿を自由に変える力をもつ老神。

＊36　入浴、散髪は庶民の安価な楽しみだった。

＊37　トゥニカは袖の短い上着で普段着。対して、トガは市民の正装で、朝の日課としてパトロンのところへ挨拶に行くとき着用した。胸にかかる部分の折り目に気を遣った。

＊38　『諷刺詩』二・三・三〇五―三〇六「真実には勝てませんから認めますが、私は愚か者で頭が変かもしれません」。

＊39　神々の王。ギリシアのゼウスに相当。

第二歌　ロッリウス宛

ロッリウス・マクシムスよ、[1]トロイア戦争を歌った作家[2]について、
あなたがローマで弁論の教材にしているあいだに[3]私はプラエネステ[4]で読み返しました。
彼は何が立派か、何が醜悪か、何が有益で、何がそうでないか、
クリューシッポスやクラントール[5]より平明かつ見事に語っています。
どうして私がそう考えたのか、目下の用件がなければ、お聞きください。
物語が語るのはパリス[6]の愛ゆえに
ギリシアが異国と長く続いた戦争を戦った話ですが、
そこには愚かな王侯と国民の心の波立ちが折り込まれています。
アンテーノールが、戦争の原因を切り捨てよ、と具申します。[7]
パリスはどうしたでしょう。安全かつ幸福な統治と生活は　10
強制できない、と彼は言います。ネストールが争いを収めようと
ペーレウスの子とアトレウスの子のあいだを走ります。[8]
愛の火が一方を、怒りの火が両者をともに焼きました。

王侯たちのたわけたふるまいのたびに罰を受けるのはアカイア人[9]です。
反乱、策略、犯罪、欲念、憤怒、これらが
イーリオン[10]の城壁の内でも外でも道を誤らせました。
　翻って、美徳にどんな力が、知恵にどんな力があるか、
有益な例証として私たちの前に示されたのがオデュッセウス[11]です。
かのトロイアの征服者は慧眼をもって町々や多くの人々の
20　ふるまいを調べました。[12]大海原を渡って[13]
自身と仲間のために帰還の試みを続けるあいだ、多くの苦難に
耐え、打ち寄せる逆運の波に沈むことはありませんでした。
セイレーンらの歌声とキルケーの盃（さかずき）[14]はご存じですね。
これを仲間と一緒に愚かな欲念から飲み干していたら、
娼婦を主と仰ぐ醜態をさらして何も感じず、
薄汚れた犬か泥を好む豚の暮らしを送っていたでしょう。
私らは数合わせの人間で地の実りを消費するために生まれました。
ペーネロペーに求婚した穀潰（ごくつぶ）し[15]、アルキノオス王のもとで
肌の手入れに度を越えて骨を折る若者たちです。[16]
30　この者たちが立派と思うのは真昼まで眠ること、

40

竪琴の響きに合わせてしどけない眠りを誘うことです。
　人の喉を掻き切ろうと、夜には盗人が起き上がります。
あなたもご自分の身を守るために目を覚ましませんか。本当に
丈夫なうちにしないと、水腫になってから走ることになりますよ。[*17] ですから、
日暮れ前に本と明かりをもってこさせなさい。そうして、
心を立派なことの学修に向けなければ、
妬みと愛欲に苛まれて眠れなくなるでしょう。どうしてまた
目に痛いものは急いで取り除こうとするのに、何かが
心を蝕んでいても、治療の機会を一年も遅らせたりするのですか。
着手できれば半ばは成就です。賢人になると決意をなさい。
始めるんです。正しく生きる時期を先延ばしする人は
川の水が尽きるのを待つ田舎者です。川は
流れて、流れ続けて、いつまでも止まることはないのです。
　世に求められるのは金、それに、子宝を産んでくれる
妻です。また、人の手が入らなかった森も鍬で均されます。
でも、十分なものを手に入れたら、それ以上を望んではいけません。
屋敷や地所、山と積まれた青銅や黄金があっても、

病に倒れた主人の身体から熱が引いたことはありませんし、
心から悩みも消えません。ものがあっても自分が元気でなければ、
集めたものの有効な利用は考えるだけに終わります。 50
欲念と恐怖を抱く人も屋敷や財産を喜びますが、
それはかすみ目の人が絵画を、痛風の人が膝掛けを、
耳に垢がたまって苦しむ人が竪琴を喜ぶようなもので、
酒壺がきれいでなければ、何を注ぎ入れても酸っぱくなるのです。
快楽を蔑みなさい。痛みを代償とする快は害です。
強欲な人はいつも不満です。限度を決めて望みの実現を目指しなさい。
妬み深い人は他人の財産が豊かなのを見て身を細らせます。
妬みこそシキリアの僭主たちが見つけた
最大の責め苦でした。[*18] 怒りを抑えようとしない人は
心を痛憤にまかせてしたことを取り消したいと思うでしょう。 60
憎しみを晴らそうと腕ずくの報いを急ぎすぎたからです。
怒りは束の間の狂気です。心を統治なさい。服従しない心は
命令を下します。心に轡をはめ、鎖をかけて抑えつけなさい。
馬は首がまだやわらかいうちに調教師が教えてしつければ、

騎手が示すとおりに進むようになります。猟犬も、以前に家の庭で鹿のぬいぐるみに向かって吠えた時があって初めて森での務めを果たします。さあ、しみわたらせなさい、まっさらな胸に私の言葉を。さあ、若いうちによりよいことになじみなさい。新しいうちにいったん染みついた香りは瓶から消えないものです、なかなかには。でも、あなたはのんびり行きますか。力強く先を行きますか。私はのろい人は待ちませんし、前を行く人は追いかけません。

70

訳注

＊1　明確な同定は困難だが、前一一年に執政官を務めたマルクス・ロッリウス（一・二〇・二八参照）の息子もしくは近親者との推測がある。第一八歌もこの人物宛。

＊2　トロイア戦争を題材にした英雄叙事詩『イーリアス』と『オデュッセイア』の作者とされるホメーロスのこと。

＊3　直訳は「模擬弁論をする」。弁論の練習には、歴史上の事件や文学作品の場面に取材して、人物と時機にふさわしい演説を考案することが行われた。

＊4　ローマ近郊の山間にあり、夏の保養地。

＊5　クリューシッポス（前二八〇―二〇七年）はストア派、クラントール（前三四〇―二七五年）はアカデーメイア派に属する哲学者。

＊6　トロイアの王子。別名アレクサンドロス。スパルタ王メネラーオスの妻で絶世の美女であるヘレネー

が彼と駆け落ちしてトロイアへ逃げたことから、メネラーオスの求めに応じてギリシア中の英雄たちが結集し、ヘレネー返還のためにトロイアへ攻め寄せた。

＊7　アンテーノールはトロイアの英雄で、ヘレネー返還を主張した（ホメーロス『イーリアス』七・三四七—三五三）。

＊8　「ペーレウスの子」はギリシア軍中、武勇随一の英雄アキレウス、「アトレウスの子」はメネラーオスの兄でギリシア軍の総大将アガメムノーン。二人のあいだで捕虜の女の処遇をめぐって諍いが起き、刃傷沙汰に及びかけたが、そのとき弁舌に優れる老雄ネストールがあいだに入り、その場を収めた。

＊9　ギリシア人に同じ。

＊10　トロイアに同じ。なお、『イーリアス』は「イーリオンの歌」の意。

＊11　ギリシア軍中、智謀随一の英雄。ストア派によって「快楽を蔑む者」として挙げられる（キケロー『義務について』三・九七、セネカ『賢者の恒心について』二・一）。

＊12　二・三・一四一—一四二参照。

＊13　オデュッセウスはトロイア陥落後、故国イタケーへ帰る途中、海神ポセイドーンの怒りを買い、幾多の危難に遭遇しながら、一〇年間放浪する。

＊14　セイレーンは魅惑の歌声で虜にして船乗りから帰還を奪うとされる魔女。キルケーは魔法で人間を豚などの獣に変身させる術を心得る。

＊15　ペーネロペーはオデュッセウスの妻。貞淑と賢明さで知られ、英雄の留守を守ったが、彼女の美貌と英雄の財産を目当てに求婚を迫る者たちが館を占拠し、狼藉を働いた。

＊16　アルキノオスはパイアーケス人の王。嵐で海に投げ出され、文字どおり身体一つで漂着したオデュッセウスを王宮で歓待した。パイアーケス人は贅沢と逸楽にふけるイメージで捉えられた。

＊17　当時、水腫には散歩や走ることがよいと考えられていた（ケルスス『医術について』三・二一・五参

照）。

＊18　シキリアの僭主は残忍な拷問で知られていた。例えば、アクラガース（現在のアグリジェント）のパラリスは牛を象った釜に入れて炙り殺したという（キケロー『ウェッレース弾劾』二・五・一四五）。

第三歌　フロールス宛

ユーリウス・フロールスよ、[*1] 世界のどのあたりで戦っているのでしょうか、
アウグストゥスの養い子たるクラウディウスは[*2]。私は知りたくてなりません。
あなたがたはトラーキアは雪の足枷に縛られたヘブロス川[*3]か、
あるいは、隣り合う櫓（やぐら）のあいだを流れる海峡[*4]か、
あるいは、アシアの肥沃な野と丘にとどまっているのでしょうか。
　学問好きな部隊[*5]はどんな仕事をするのでしょう。私はこれも気になります。
誰がアウグストゥスの偉業の記録を引き受けるのでしょうか。
戦争と平和の日々を遠くのちの時代まで伝え広めるのは誰でしょうか。
ティティウス[*6]はどうでしょう。ローマ中がすぐに彼の噂をするでしょう。
10　彼なら、ピンダロスの泉[*7]を汲む試みにも青ざめず、
大胆にも開かれた池と川を避けた[*8]人物ですから。
彼は元気ですか。私のことを覚えていますか。ラテンの竪琴に
テーバイの調べ[*9]を乗せようと努めて、ムーサの加護がありますか。

それとも、悲劇を作って荒れ狂う言葉や大げさな言葉を吐いていますか。
ケルスス[10]はどうしてますか。ずいぶん注意しましたが、まだ足りません。
宝探しは自分の土地ですべし、手出し無用なり、
パラーティウムのアポッロー神殿[11]に収めたいかなる書物にも。
さもないと、いつか取り戻しに来るかもしれません、自分の
羽根を返せ、と鳥の大群が。小鴉（こがらす）は笑われましたよ、　20
盗んだ色を剝ぎ取られましたから[12]。あなた自身は何を試みていますか。
どのジャコウソウのまわりを身軽に飛びまわっていますか[13]。あなたの
才能は小さくなく、手入れをせずに雑草が見苦しく伸びてもいません。
弁論の舌鋒を研ぎ澄ますにせよ、市民の法律相談に
答えようとするにせよ、愛すべき詩歌[14]を作るにせよ、
あなたは勝利を飾る蔦[15]の一等賞を得るでしょう。けれども、もし
心の悩みという冷湿布[16]をあなたが手放せたとすれば、
天上の知恵が導くところへあなたは行くことでしょうに。
この仕事へ、この目標へ私たちは急ぎましょう、微力な者も有力者も。
私たちは祖国にも私たち自身にも愛される人生を送りたいのですから。
　必ずこのことも返事に書いてください。ムナーティウス[17]へのお心遣いは　30

彼にふさわしいものでしょうね。それとも、あて布の粗悪な
好意は接いだ甲斐もなくまた破れてしまいますか。さて、あなたがたを
悩ますのは熱き血潮ですか。それとも、世の中を知らないことですか。
あなたがたは野生の暴れ馬ですからね。でも、どんな場所にいても、
兄弟の契りを破るなどもってのほかという人生を送っていれば、
あなたがたの帰還成就の時に捧げる若牛[*18]は養われていますよ。

訳注

＊1　第二巻第二歌も、この人物宛。古注には書記で、諷刺詩を書いた、と記される。

＊2　ティベリウス・クラウディウス・ネロー。のちの第二代皇帝ティベリウス。アウグストゥスの継子にあたり、正式に養子になったのは紀元四年。前二一年後半にアルメニアへ出発した。これはアルタクシアース王の暗殺後に空位となった王位にティグラネースをつけるためだった（一・一二・二六―二八、タキトゥス『年代記』二・三・二参照）。

＊3　トラーキアはエーゲ海の北辺に位置する寒冷の地。ヘブロス川は北方の源流からエーゲ海へ注ぐ。

＊4　「海峡」はヘッレースポントス（現在のマルマラ海）のこと。これをはさんで対岸にあるセストスとアビュドスの町に住む恋人ヘーローとレアンドロスの物語を踏まえる。レアンドロスは二つの町の櫓の灯りを頼りに泳いで海峡を渡り、ヘーローに逢いに行った。オウィディウス『名高き女たちの手紙』一八、一九参照。

＊5　公的な海外派遣に詩人が加わることもあった。カトゥッルスとキンナはメンミウスについてビテュー

ニアへ行った。
＊6　ティベリウスに仕えた書記と考えられるが、この個所以外に典拠がない。
＊7　ピンダロスは前五世紀前半に活躍したギリシアの合唱抒情詩人。『カルミナ』にはピンダロスの祝勝歌をモデルとするものが数多くある。また、「泉」は詩の霊感を象徴する。
＊8　「池と川」も「泉」に続いて詩作の源泉を表しているが、「開かれた」はそれが多くの人が用いる陳腐な題材であることを示す。ティティウスはそれを避けたので「大胆」と言われる。
＊9　ボイオーティアの都テーバイはピンダロスの生地。
＊10　ティティウスと同じくティベリウスに仕えた書記とされるが、詳細は不明。第八歌の名宛人ともされており、詩作を行ったらしいが、以下では剽窃の戒めがなされる。
＊11　アウグストゥスが前一八年一〇月九日に奉献し、図書館を兼ねていた（二・一・二一六―二一七参照）。『カルミナ』一・三一は、詩人がこの神殿の前で祈願する体裁をとる。
＊12　パエドルス『アウグストゥス帝の解放奴隷パエドルスによるアエソープス風寓話』一・三、バブリオス『寓話』七二には、鴉が孔雀のような美しい羽根で身の程知らずのおしゃれをし、正体が暴露したとき汚名を着た、という話が伝わる。
＊13　詩の霊感を象徴するミツバチが花の蜜を求めて飛びまわるイメージが念頭に置かれている。
＊14　ピンダロス『ピューティア祝勝歌』五・一〇七「喜ばしい詩歌」を踏まえる。
＊15　「蔦」も詩の霊感の象徴。
＊16　詩の霊感の熱気が心配事によって冷えていることを表現したもの。なお、一・一五・二―四には、ホラーティウスがアントーニウス・ムーサの指示で冷水浴をしているために温泉地の人々から嫌われていることが記される。また、同名の医師の処方でアウグストゥスが冷湿布を用いたことが、スエートーニウス『皇帝伝』「アウグストゥス」五九、八一・一に記されている。

＊17　ルーキウス・ムナーティウス・プランクス。前四二年の執政官。
＊18　帰還がかなった時には捧げる、と神々に願かけしてあった牛。

第四歌　アルビウス宛

アルビウスよ[*1]、私の『談論』[*2]にあるべき判定を下す方よ、
あなたは今、ペドゥム[*3]のあたりで何をしているのですか。
パルマのカッシウス[*4]の作品に負けないものを書いていますか。
それとも、静かに森中を散策して生気を養いつつ、
知恵と良識をそなえる人にふさわしいことに心を砕いていますか。
　あなたは心をもたぬ肉体ではありませんでした。神々はあなたに美しさを、
神々はあなたに富とそれを楽しむ秘訣を授けました。
愛しい養い子のために乳母は何をいちばんに願うでしょうか。
その子が知恵をそなえ、心に思うことを言葉にできること、その子に
人望、名声、健康が豊かにもたらされること、
垢抜けした暮らしで、小遣いに困りもしないことではありませんか。
期待と心配、恐れと怒りが交錯する
毎日、そのどれも明けるたびにこれが最後の日と思えるなら、

10

望外の時間はうれしいおまけとなるでしょう。
　私は肥えて肌の手入れもよく艶々(つやつや)しています。どうか訪ねてください。
笑ってやってください、エピクーロス派[*5]の豚になっていますから。

訳注

＊1　『カルミナ』一・三三で呼びかけられるアルビウスはエレゲイア詩を書いたと言われているので、恋愛エレゲイア詩人のアルビウス・ティブッルスとも考えられている。
＊2　『談論（*Sermones*）』はホラーティウス自身がヘクサメトロス（長短短格六脚韻）の韻律で編んだ作品（つまり、『諷刺詩』と『書簡詩』）について用いている呼び名。
＊3　ローマ近郊の古市。ティーブルとプラエネステのあいだに位置する。
＊4　カエサルの暗殺者であるガーイウス・カッシウス・ロンギーヌスと考えられるが、作品は伝わっていない。
＊5　エピクーロス（前三四一―二七〇年）は、サモス出身の哲学者で、快楽主義で知られる。彼がアテーナイに開いた庭園で学んだ哲学一派には、ランプサコス出身のメートロドーロス、ミュティレーネー出身のヘルマルコスなどがいた。

第五歌　トルクワートゥス宛

アルキアースの寝椅子[*1]を宴(うたげ)の席としていただけるでしょうか。
蔬菜(そさい)ばかりの慎ましい料理の食事でもかまわないでしょうか。
でしたら、トルクワートゥスよ[*2]、日暮れにわが家でお待ちしております。
お飲みになる葡萄酒はタウルスが二度目の執政官の年[*3]の蔵出しで、湿地の
ミントゥルナエとシヌエッサの近くのペトリーヌム[*4]のあいだの産です。
もっとよいのがあれば、お届けください。なければ、我慢してください。
あなたのためにもうとっくに竈(かまど)も家具もきれいさっぱり、ぴかぴかです。
浮わついた期待は捨てましょう、富を求めて争うことも、
モスクスの訴訟[*5]も。明日はカエサルの誕生日の祝日[*6]ですから
寝ていても叱られないでしょう。お咎(とが)めなしで済みますよ、　10
暑い一夜をずっと、打ち解けた話で過ごしても。
　資産があっても何の役に立つでしょう、使うことを許されなければ。
相続人に配慮するあまり倹約や厳格さが度を越した人は

20
身の縮む窮乏の中でも寛がせずにいた人間があるでしょうか。
酒杯は創造の源泉、これが雄弁にしなかった人間があるでしょうか。
悩める心から重荷を取り払い、技芸を伝授します。
望みがかなったと言い聞かせ、腑抜けを戦場へ押し込み、
酔いが開かぬ封印があるでしょうか。被いを切り開き、
私は始めます。無分別だと思われてもいいんです。
狂人と五十歩百歩です。飲んで花を投げ散らすことを

　何を手配するにも私は適任ですし、喜びも
感じています。不潔な掛け布やら汚れた手拭いやらで
鼻に皺を寄せさせたりしません。大盃にも椀皿にも
ご自分の姿が映せます。信頼できる友人ばかりが顔を合わせ、
話を口外する者などおりません。釣り合った者同士が集い、
ともに過ごすのです。あなたにはブトラとセプティキウス[*7]、
それに、一つ前の宴と器量よしの娘がサビーヌスを
引きとめなければ、彼も同席させます。お連れの方もまだまだ入れます。
でも、あまり詰めすぎると宴会が山羊の臭い[*8]で台なしです。
30
何名様でのご希望か、ご返事ください。お仕事はそこまでにして、

顧客が広間を塞(ふさ)いでいれば、裏口を使ってごまかしてください。[*9]

訳注

＊1　文脈から推して、アルキアースは平凡な家具職人で、その寝椅子は宴が質素であることを示す。
＊2　ホラーティウスの友人で弁護士。『カルミナ』四・七でも呼びかけられている。
＊3　ティトゥス・スターティリウス・タウルスは、前二六年にアウグストゥスとともに二度目の執政官を務めた。ローマでは、その年の執政官の名前でどの年であるかを示した。
＊4　いずれの地名もカンパーニア地方の町。
＊5　ペルガモン出身の弁論家だったウォルカーキウス・モスクスは毒殺の罪で起訴され、（前四〇年の執政官で高名な弁論家にして歴史家である）アシニウス・ポッリオー（と、おそらくトルクワートゥス）が弁護に立ったが、マッシリアへ追放刑となった（セネカ『仮想対抗弁論集』二・五・一三、タキトゥス『年代記』四・四三・五参照）。
＊6　カエサル（＝アウグストゥス）の誕生日は九月二三日（または二一日か二二日）で、公式の祝日とされた記録はないが、ローマ騎士全員が自発的に二日連続で祝ったという（スエートーニウス『皇帝伝』「アウグストゥス」五七・一）。
＊7　名前が言及される三人については同定できない。ごく親しい友人たちと考えられる。
＊8　腋臭など不快な体臭のこと。
＊9　法律相談のために来る客は門口を入ってすぐの広間に集まることを踏まえる。その人々に気づかれないように逃げ出すほうが最初から閉め出してしまうより情け深いかのような表現。

第六歌　ヌミーキウス宛

何に対しても驚かないこと、ほとんどこれだけです、ヌミーキウスよ、[*1]
これしか人を幸福にし、幸福なまま保てるものはありません。
あの太陽を、星を、移ろいつつ定めのとおりに
交替する季節を見て、まったく畏怖の念を覚えずに
眺められる人がいます。あなたはどうお考えですか、大地の贈り物を。
最果てのアラビアやインドを富ませる海の贈り物はどうでしょう。
どうでしょう、見世物は、好意あるローマ市民の拍手や奉仕は。
どのように、どんな気持ちと顔をして眺めるべきだと思いますか。
これらと対極のものを恐れる人は驚きますが、ほとんど同じような
仕方でそれを望む人も驚きます。どちらにとっても驚愕は不快です。　10
思いがけないものを見た瞬間、どちらも動顛するのですから。
喜ぶか悲しむか、望むか恐れるか、どうして問題でしょうか。
何を見たにせよ、良くも悪くも思っていたのと違えば、

伏し目のまま心も身体も痺（しび）れてしまうのですから。
賢人も狂人と呼ばれ、正義漢も悪漢と呼ばれねばなりません、
美徳までをも適切な限度を越えて追求した場合には。
　さあ、行って、骨董品の銀器や大理石や青銅の細工品の
目利きをなさい。宝石のついたテュロス染め*2の彩（いろど）りを賛嘆なさい。
喜びなさい、一〇〇〇ものまなざしがあなたの話しぶりを眺めていますよ。
まめに朝早く広場へ、日暮れにわが家へ向かいなさい。
いけません、あの男のほうが妻の婚資で買った田畑からたくさん稼ぐなんて。
けしからん、ムートゥスは出自もあなたに劣るんですから。*3
あなたが彼にではなく、むしろ彼にあなたのことを驚かせなさい。
時が経てば、何であれ地下のものは日向（ひなた）に現れ、
輝けるものは深く埋もれて隠れます。今、広く名の知れた
あなたの姿がアグリッパの柱廊*4やアッピウス街道*5に認められたら、
残る行き先はヌマやアンクスがたどりついた場所です。
　肋膜（ろくまく）や腎臓が鋭い痛みの病気に冒されたら、
病気を脱する道を探しなさい。よく生きたいですよね。みんなそうです。
それをかなえるのが美徳だけだとすれば、勇気をもって捨てるんです、

40

好きな楽しみを。さあ、今です。美徳がただの言葉だと思いますか。
聖林はただの薪でしょうか。用心なさい、他の者に港へ先着されぬよう、[*6]
キビュラやビテューニア[*7]の仕事を無駄にせぬように。
まずは一〇〇〇タレントゥムぴったりにして、次いで同額の第二陣、さらに
第三陣に続いて、宝の山を元の四倍にするぶんを加えましょう。
言うまでもなく、婚資付きの妻も信用も友人も、
出自だって器量だって授けてくれる女王ですよ、お金は。
金まわりのいい人は「説得」女神と「美」の女神の恩寵にも与(あずか)ります。
カッパドキアの王[*8]は、ありあまる奴隷がいても金欠です。
こうなってはいけません。人の話では、ルークッルス[*9]は、外套を
舞台用に一〇〇着ほど拝借できるか、と尋ねられた時に言いました。
「そんなにたくさんは無理かな。でも、探して、あるだけを
送りますよ」。ところが、すぐあとの彼の手紙には、五〇〇〇着の
外套が家にあるので、一部でも全部でもどうぞ、とあったとか。
ちっぽけな家なんですね、あまってるものが多いので
主人も気づかず、泥棒の稼ぎどころというくらいでないと。ですから、
金だけが人を幸福にし、幸福なまま保てるのであれば、

戻るにも第一番はこの仕事、最後の店じまいもこれにすべきです。
　もし見栄えや人気で幸せ者になれるなら、
奴隷を一人買いましょう。人々の名前を教えてもらい、左の
脇を突いてもらい、無理強いさせましょう、飛び石の向こうまで右手を　50
差し出すことを。[*10]「この方はファビウス区の有力者、あちらはウェリーヌス区。
この方は与えたい者に儀鉞(ファスケース)を与え、虫の居所が悪ければ高位職の象牙の
椅子[*11]を、目をつけた相手から取り上げる」。「父よ」、「兄弟よ」も忘れずに。
一人一人の年齢に合わせて、それぞれ如才なく使い分けなさい。
　よい食事をする人がよく生きるのなら、夜明けとともに出かけましょう、
喉が鳴るところへ。魚を釣りましょう、狩りをしましょう。その昔の
ガルギリウスが手本です。彼は朝早く奴隷に狩猟用の網と槍をもたせて
人で溢れかえる広場を通り抜けろ、と命じたのでした。
それで、帰りには、衆人環視の中、数多いロバのうち一頭のみに
載せてきたのです、買い求めた猪を。腹がこなれず、膨れているうちにお風呂です。　60
何が似つかわしいか否かなど忘れて、カエレの鑞板[*12]に記された人間に
ふさわしく、イタカの英雄オデュッセウスの不埒(ふらち)な水夫になりましょう。
彼が選んだのは祖国よりも禁断の快楽[*13]でした。

ミムネルモスが考えるように、恋と戯れのないところに[*14]
楽しいことが一つもないのなら、恋と戯れに生きなさい。
　生きなさい、さらばです。これよりもっとよいことをご存じでしたら、
懇ろにお教えください。ご存じなければ、これで行きましょう、私と一緒に。

訳注

＊1　詳細不明。
＊2　フェニキア（現在のレバノンに相当する地域）の都。高価な緋紫の染料を産した。
＊3　都市での稼ぎがあれば十分に田舎の地所を買えるのに、ムートゥスはそれを妻の婚資として入手した怠け者である上に、生まれも卑しいのだから、それに負けるのは恥、という含意。
＊4　アウグストゥスの腹心だった将軍マルクス・ウィプサニウス・アグリッパが前二五年に建てた。同じくアグリッパが建造したパンテオンの近くにあり、アルゴー船冒険の絵で飾られ、市民の憩いの場所だった。
＊5　前三一二年にアッピウス・クラウディウス・カエクスによって建設された幹線道路で、ローマからカンパーニアやナポリ湾周辺の保養地に通じる。終点はギリシアへ渡る港町ブルンディシウム（一・一七・五二参照）。ただし、道路沿いには金持ちの墓所があったので、次行の表現がある。ヌマはローマ第二代の王、アンクスは第四代の王で、彼らが「たどりついた場所」は「墓所」ないし「死者の世界」。どれほど名声を誇った人でもいつかは必ず死なねばならない、というのが弔慰の常套モチーフだった。
＊6　貿易船は輸出先の港に他の船より先に着けば高値で取引できた。
＊7　キビュラは小アシアの町。ビテューニアは黒海南岸の地方。

＊8　アリオバルザネース三世（在位：前五二―四二年）。キケロー『アッティクス宛書簡集』六・三・五、六・一・三参照。

＊9　マルクス・テレンティウス・ウァッロー・ルークッルス。前七三年の執政官。ここでの逸話はプルータルコス『対比列伝』「ルークッルス」三九にも紹介されている。

＊10　政務官候補者は白いトガを着て広場に行き、選挙人に挨拶する。そのとき、奴隷（nomenclator）が候補者に彼の知らない選挙人の名前を教える。石畳の道路は、中央の車道より両側の歩道が一段高く、あいだに飛び石がある（ただし、「飛び石」と訳した語（pondera）の解釈はさまざまで、店先の量り売りの「重り」とも解される。歩く時は候補者が右側で家の壁沿い、左の道路側を奴隷が進む）。

＊11　「儀鉞」は薪の束に斧を挿したもので、高位政務官（執政官および法務官）の権限を象徴する。また、高位政務官は元老院で「象牙の椅子」（正式名称は「高位席」）に座る。

＊12　選挙権を剝奪された市民の一覧を記した鑞板。カエレがローマで最初の選挙権のない自治市となったことにちなむ名称（ゲッリウス『アッティカの夜』一六・一三・七参照）。

＊13　オデュッセウスについては、一・二・一八参照。彼の注意にもかかわらず、彼の部下は太陽神の育てる牛を食べて、神の怒りを招いた。

＊14　恋愛詩の祖とも考えられるギリシアの詩人。

第七歌　マエケーナース宛

田舎へ参るのは五日ほどとお約束しましたのに、
八月いっぱい、嘘つきめ、早く戻れ、と言われどおしです。それでも、
私が健康で、いたって丈夫に暮らすことをお望みでしたら、
私が病気の時にいただけるお暇を、病気の心配がある時にもいただけますよう、
マエケーナースよ。今はまだ、初イチジク[*1]の暑さのために
葬儀執行人の前を先導吏の黒衣が彩って(いろど)いますし、
子供たちが心配で父親や母親はみな蒼い(あお)顔をしています。
こまめに雑事をこなし、法廷のこまごました用事をしていると
熱が出て、遺書の封を切らせることになります。
でも、冬至の頃、アルバ[*2]の野が雪の色に塗られましたら、　10
あなたの詩人は海辺へ降りてまいります。自愛しながら、
身を縮めつつ朗読します。親愛なる友よ、あなたにまた会えるのは、
お許しいただければ、ゼピュロス[*3]が吹き、ツバメが最初に飛ぶ頃です。

カラブリアで宴の主が、梨を食せ、と言うようなやり方[*4]をせずに
あなたは私を裕福にしました。「よろしければ、召し上がれ」。
「十分いただきました」。「でも、お好きなだけ取って」。「痛み入りますが」。
「小さなお子さんへのお土産になさい。嫌な顔はしませんよ」。
「いただきものばかりで、帰り道にどっさり荷物を運ぶ気分です」。
「お好きなように。これを残しても豚が食べるだけなんですよ」。
20
浪費家で愚かな人のする贈り物は自分が嫌いで要らないものです。
こんな畑は恩知らずの実を結んできましたし、毎年結ぶでしょう。[*5]
良識と知恵のある人は、しかるべき相手には心づもりがある、と言い、
しかしまた、銅貨と芝居銭[*6]の違いはよく弁えています。
私はしかるべくふるまいます。恩義ある人のご高配に報います。
でも、私にどこへも行ってほしくなければ、お返しください、
強い腰を、広がっていない額と黒髪を。
お返しください、甘い会話と優美な微笑み、それに、
お茶目なキナラ[*7]が逃げた、と酒の肴に嘆くことを。
　ふとしたことから細身の小柄な鼬狐[*8]が狭い隙間を抜けて
30
米櫃に這い込みました。ひとしきり食べてからまた

40

外へ出ようとがんばりましたが、身体が太っていてうまくいきません。
イタチが狐のそばに来て言いました。「そこから逃げ出したければ、
痩せてから出直すんだね。窮屈な穴は痩せてた時に入ったんだから」。
私もこの喩え話に則って召喚されるなら、いっさいを返還します。
私はたらふく鶏を味わう身分にいれば平民の快眠を褒めませんし、
自由この上なく過ごせる時間をアラビアの富と交換しもしません。
あなたは私の慎み深さを何度も褒めてくれましたし、私は王とも父とも
あなたを呼びました。御面前でも離れていても言葉を惜しみませんでした。
調べてください、私がいただいたものをお返しして、にこにこしていられるか。
さすがにテーレマコスは賢明なオデュッセウス[*9]の息子でした。
「イタケーは馬に適さぬ土地です。というのも、平らな
馬場が開けていませんし、たくさんの草が生え出てもきませんから。
アトレウスの子よ、いただきものはあなたに似合いですから、置いてまいります[*10]」。
小さい人間には小さいもの[*11]が似合います。今、私には王の都ローマより
喧騒のないティーブルか、戦いのないタレントゥム[*12]が気に入っています。
ピリップス[*13]は頑健かつ勇敢で、法廷弁論でも
名高い人でしたが、仕事が終わってお昼過ぎ[*14]に

帰宅する折、中央広場(フォルム)とカリーナエ地区[15]が離れすぎている、と
すでに高齢のためにぼやいていたところ、人の話では、目に止まったのが
きれいに髭を剃った人物です。雑踏から離れて床屋のテント[16]の中で　50
自分の爪を小刀でのんびりと切っていました。
「デーメートリウスよ」（この若者はピリップスの命令を遺漏なく
聞いていました）、「行って、尋ねてくるんだ、どこの家の誰なのか、
どんな身分か、父親は誰か、パトロンは誰か、と」。
若者は行って、戻って、話しました。名前はウォルテイウス・メーナ、
競売人で、細々とした暮らしぶりだが、前科はなく、評判では
あくせくする時とのんびりする時、儲ける時と使う時を弁(わきま)えており、
楽しみは非力な人間を仲間とし、住まいを定め、
仕事のあとに祝祭やマールスの馬場[17]での催しに行くことでした。
「本人に直接尋ねたいものだな、おまえの話の一部始終を。伝えてくれ、　60
食事においでください、と」。でも、メーナは全然信じません。
心中の驚きを口に出さずにいて、結局、「ありがたいことですが」
と答えます。「あの男が私の誘いを断るのか」。「断るとは不埒(ふらち)な奴、
あなたが目に入らぬか怖いのです」。翌朝ピリップスはウォルテイウスが

安っぽいがらくたを普段着の細民[18]に売っているところに
出くわし、自分から先に挨拶の言葉をかけます。と、彼はピリップスに
弁解して言います、仕事と商売上の外せない用事のために
今朝はお宅にうかがえずにいて、ついには
お見それしてしまった、と。「勘弁してもいいんだが、それには　70
今日、私と一緒に食事をしてもらうよ」。「お好きなように」。「では、
第九時に来てくれたまえ。今は、さあ、しっかり稼ぎたまえ」。
食事の席につくと、彼は言っていいことも悪いことも話してから[19]
ようやく就寝の時分になって帰されます。この男が何度も
馳せ参じる様子がまるで隠れた針にかかる魚のようで、
朝は挨拶に訪ね、宴席には常連となった頃、ぜひにと言われて
都の近郊の地所へお供していきます。ラテン祭[20]が布告された時でした。
子馬の引く車に乗った彼はサビーニー[21]の土地と気候を
休む間もなく褒めます。それを見てピリップスは笑い、
気晴らしやら笑いの種やらを至る所で探していましたから、　80
七〇〇〇セステルティウスを与えた上に、さらに七〇〇〇の融資を
約束して、少しの土地を買うように、と説得します。

彼は買いました。でも、あなたをくどくど長い話でこれ以上
度を越して引きとめてはいけません。粋（いき）な男が田舎者になり、
口をついて出るのは畝（うね）や葡萄畑のことばかり。楡（にれ）の木を植え、*22
死ぬほど熱中し、収穫を思い焦がれて老け込みます。
けれども、羊が盗まれ、山羊を病気で失い、
収穫が期待を裏切り、牡牛が耕作の際に死んでしまいました。
彼は損失に憤慨して真夜中に馬に
飛び乗ると、怒りにまかせてピリップスの屋敷へ駆けつけます。
90
肌は荒れ、無精髭の伸びた彼の姿を見るや、ピリップスは
言います。「ウォルテイウスよ、君はがんばりすぎ、根の詰めすぎだよ、
私の見るかぎり」。「まったく、旦那様、みじめなやつ、と呼んでくださいな。
そうしてもらえば、私に本当の名前をつけることになるでしょうから。
どうぞ、あなたの氏神と右手と御家の守り神にかけて
懇願し、請願します、私を前の暮らしに戻してください」。
　手放したものが欲しがったものよりどれほどまさっているか
分かったら、すぐに戻って捨てたものを取り返すべきです。
人はそれぞれ自分の物差しと足幅で自分を計るのが正しいのです。

訳注

＊1　イチジクは八月下旬に実が熟すので、その季節を表している。

＊2　ローマの南東に位置する山。夏の保養地。二・一・二七参照。

＊3　春を告げるおだやかな西風。

＊4　カラブリアはイタリア半島南端の地方で田舎。宴の主は帰り際の客に土産をもたせる習慣だが、それらはたいてい果物のようなつまらないものだった。

＊5　「自分で蒔いた種」に類する格言的表現を踏まえる。キケロー『弁論家について』二・二六一参照。

＊6　原義は植物の「ルピナス」。花言葉は「貪欲」。

＊7　色恋の相手となる娘。一・一四・三三では「強欲な」と言われる。

＊8　狐は肉食で、穀物は食べないはずなので、ネズミなどなら普通。

＊9　「賢明な（sapientis）」は底本に従う。「辛抱強い（patientis）」とする校本も多い。

＊10　ホメーロス『オデュッセイア』四・六〇一以下。父オデュッセウスの消息を求めて（アトレウスの子である）スパルタ王メネラーオスを訪ねたテーレマコスは、王が友情のしるしとして馬と戦車を贈ったとき、このように応じた。

＊11　ローマ近郊の町（現在のチボリ）。

＊12　イタリア半島の「踵」に位置する都市（現在のターラント）。

＊13　前九一年の執政官ルーキウス・マルキウス・ピリップス。キケローは、気性激しく雄弁で、特に抵抗が難しい強さがある人物、と証言している（『弁論家について』三・四）。

＊14　原文は「第八時」。昼間は日の出から日没までを一二等分し、第一時から第一二時までに区分される。したがって、「第七時」の始まりが正午となり、夏の一時間は長く、冬は短い。また、法廷は午前九

時頃に開いて午後の早い時間に終了した。

＊15　高級住宅街。著名人の邸宅があった。実際は中央広場からそれほど離れていない。

＊16　床屋は通りに向かって開いた仮設のテントで開業し、人々が噂話をする場所だった。

＊17　カピトーリウムの丘の北側の広場。主に練兵場として使われ、各種の競技も行われた。

＊18　正装をして訪問するパトロンのいない下層の人々、という含意。

＊19　通常なら無礼な態度とみなされるが、ここでは率直なおしゃべりを示す。

＊20　ローマで最も由緒ある祝祭の一つ。毎春（四月か五月）、アルバ山上で儀式を営んで祝う。日時は年ごとに布告され、元老院議員が参列し、公務は休みとなる。

＊21　イタリア半島中央、ローマの北北東に位置する地方。ここにホラーティウスの地所があった。

＊22　楡の木は、そこに棚を設えて、葡萄の蔓を這わせる。

第八歌　ムーサ宛

アルビノウァーヌス・ケルスス[*1]に、めでたく成功を収めますように、と、
ムーサよ、お願いです、伝えてください。ネロー[*2]側近の書記の方ですから。
もし彼が私の近況を尋ねたら、言ってください、多くの立派な志はあるが、
毎日の生活は恙(つつが)ないものでも幸せでもない、と。というのは、雹(ひょう)のせいで
葡萄が潰れたり、暑さがオリーブに牙を剝いたり、
家畜の群れが遠くの牧草地で病気に罹(かか)ったりしているからではなく、
身体は万全でも、心の健康が損なわれているからです。
何一つ聞きたくも学びたくもなく、それでまた病状も和らぎません。
私は信頼のおける医者に文句をつけ、友人に腹を立てています。
どうして私を死に至る昏睡病から急いで救おうとするのか、と言い、　10
害になったことを続け、益になると思うことを避けようとします。
風のように気紛れにローマではティーブルが、ティーブルではローマが恋しいのです。
そのあとで、彼が元気でいるか、どのように事を運び、身を処し、

青年指揮官と親衛隊の覚えはめでたいか、聞きただしてください。彼が「恙なし」と言えば、まず、おめでとう、と述べ、それから、この忠告を彼の耳に注ぎ込むのを忘れないでください。
「ケルススよ、われわれの君への対処は、運に対する君の対処次第だろう」。

訳注

＊1　一・三・一五―二〇参照。
＊2　一・三・二参照。

第九歌　ティベリウス宛

　クラウディウス[*1]よ、むろんセプティミウス[*2]一人しか理解しておりません、
あなたの私への評価の高さを。なぜなら、彼は依頼と懇願でむりやり
私にあなたへの推挙紹介を試みさせようとしておりますが、
それは立派なものを選ぶネローの心ばえと家柄にふさわしい人物として
私がごく近しい友人に対する務めをまっとうすると考えてのことで、
私の力量を見て取り、本人の私よりしっかりと知っているのですから。
私も多々理由を述べて、辞退を赦してもらおうとしましたが、
こう思われないか心配でした。私が自分の力を低めに見積もり、
本来の力を隠して、自分一人だけの利益を考える人物ではないか、と。
10　そこで私は重大な過失による譴責を避け、
都会人一流の面(つら)の皮に免じてご高配を願うに至った次第です。ですが、
友人の求めに応じて羞恥心を捨てたことをお褒めくださるなら、
この者をあなたの臣下に加え、勇気と良識をそなえる人物とお考えください。

訳注

＊1　ティベリウス・クラウディウス・ネロー。一・三・二参照。

＊2　詳細不明。本書簡は、ホラーティウスによるこの人物についての推薦状の体裁をとっている。

第一〇歌　フスクス宛

都を愛するフスクスに挨拶を申し述べるのは[*1]
田舎を愛する者です。言うまでもなく、この一点においてのみ
私たちは大きく異なっていますが、その他の点では双子同然です。
心は兄弟のように、一方が否と言うことには他方も必ず否と言い、
肯く時も古くからなじみの鳩のように首を揃えます。
君は古巣を守っていますが、私が褒めるのは安楽の田園、
小川や苔生した岩や森などです。
要するに、私はそちらを離れるとたちまち生き返り、王様になるのです。
そちらで君たちは何を天の高みに上げるにも喚声で後押ししますが、
私は神官のもとから逃亡した奴隷のようにパンケーキは要りません。[*2]
欲しいのはパンです。蜂蜜入りのケーキよりずっとよいのです。
　人生は自然に即応しているべきであり、
家を建てるにはまず敷地を探さねばならないとすれば、

10

幸せな田園にまさる場所をご存じですか。
どこかありますか、冬がもっとおだやかで、微風がやさしく
犬星[*3]の狂乱も獅子座の勢いも和らげてくれる場所が。
そのとき獅子は鋭い太陽光に貫かれて猛(たけ)り立っているのですよ。
どこかありますか、妬(ねた)み深い懸念に眠りを剥ぎ取られぬ場所が。
青草の香りや輝きはリビュアのモザイク[*4]に劣るでしょうか。
20　街角で水道管を破り出ようとする水のほうがきれいでしょうか、
小川の傾斜に沿ってさらさらとせせらぎなす水よりも。
もちろん、色とりどりの列柱のあいだにも木々は育ちます。
遠く野を見晴らせるお屋敷は賞賛の的です。
でも、自然は、熊手で追い払っても、ついには駆け戻ってきます。
悪しき傲慢を気づかれぬうちに突き破って勝利を収めるのです。
　抜け目なくシードーンの緋紫[*5]と突き合わせて
それがアクイーヌム[*6]の染料を吸わせた羊毛だと知る術のない人には
受ける損失もさほど目立たず、骨身にこたえもしません。
それは真偽の区別ができない人と同様です。
30　順境の時にあまりに喜びすぎた人は

変転に動揺します。賛嘆しているものを捨てることになれば
不愉快です。大きなものを避けることです。貧しい屋根の下でも
人生の競走では王侯や王侯の友人にも勝てるのですから。
　鹿は馬との争い[*7]で優位を占めて、共有の草地から
追い出したため、長い戦いで遅れをとった馬はついに
人間の助けにすがり、轡(くつわ)をはめられました。
しかし、馬は敵のもとを去ったあと猛々しい勝者でした。そののち
騎手を背中から、轡を口から振り落とすことはなかったのです。
そのように、貧窮を恐れるあまり金鉱にもまさる
40
自由を忘れる人は邪欲に導かれるまま主人を背負って
永遠の奴隷奉公をするでしょう。小を用いる術を知らないのですから。
自分に相応でない財産をもつと、よく靴で経験するように、
足より大きければ転倒し、小さければひりひり痛くなるでしょう。
　君が自分の境涯に満足なら、アリスティウスよ、賢い人生を送るでしょう。
そして、私に懲戒に値することがあれば見逃さないでください。いつかずいぶんと
必要以上のものをかき集めてあくせくしていると見える時もあるでしょうから。
金銭は集めた人それぞれに命令を下すか奴隷奉公するかいずれかですが、

縄につき従うほうが縄を引っ張ることよりふさわしいのです。
以上を君への手紙に筆記させたのは崩れかけたウァクーナ神殿[*8]の裏手で、
50 君が一緒にいないことを除けば、他の点は満足しています。

訳注

＊1　アリスティウス・フスクス。『諷刺詩』一・九・六一以下ではホラーティウスの友人として登場し、同書一・一〇・八三では詩文を解する人間として言及される。また、「人生に欠けるところなく、罪の穢れのない人はマウリー人の弓矢を必要としない」の詩句で有名な『カルミナ』第一巻第二二歌はこの人物に呼びかけて歌われる。

＊2　お供えにする焼き菓子。神殿の奴隷はいつも食べている。

＊3　「犬星」はおおいぬ座の主星であるシリウス。獅子座とともに、夏に太陽と重なって暑さを増すと考えられた。

＊4　床に敷き詰めるモザイク用のさまざまな色彩のある大理石片は、アフリカ産のものが特に価値が高いとされた。贅沢品の代表的なもの。

＊5　シードーンは、テュロス（一・六・一八）と同じくフェニキアの都で、緋紫の染料で知られた。

＊6　ローマの東南東約一〇〇キロメートルにある町。ここで産する苔が染料に使われた。

＊7　アリストテレース『弁論術』二・二〇・五がステーシコロス（前五世紀前半の抒情詩人）のものとして紹介する寓話では、馬は鹿に仕返ししようとして人間に助けを求めた結果、人間の奴隷になってしまった、と語られる。

＊8　サビーニーの神格だが、詳細は不明。

第一一歌　ブッラーティウス宛

ブッラーティウスよ[*1]、どう思いましたか、キオスや名高いレスボスは。
どうでしょう、優雅なサモスやクロイソス王[*2]の住まいたるサルデイスは。
スミュルナやコロポーンはどうですか。評判以上ですか、以下ですか。
マールスの馬場やティベリス川の前には色褪せるもの[*3]ばかりですか。
それとも、アッタロス[*4]の都のうち心を奪うものが一つでもありましたか。
それとも、レベドス[*5]を褒めますか。海も陸路もこりごりでしょうから。
レベドスのことはご存じですね。その廃れようはガビイーよりも
フィデーナエよりもひどい町[*6]ですが、私はそこに住めたらよいと思います。
友人たちのことを忘れ、彼らにも私のことを忘れてもらって
遠くに荒れ狂う海神ネプトゥーヌスを陸から眺めたいものです。　10
　とはいえ、カプアからローマへ向かう人は、雨と泥を
浴びても、旅籠で暮らすことは望まないでしょうし、また、
身体が凍えた人は必ず暖炉や風呂が何よりと褒めますが、

それも申し分なく恵まれた人生の代わりにはなりません。
君だって、強い南風に海上で翻弄されたとしても、
だからといって、エーゲ海の向こう岸で船を売ることはないでしょう。
心身健全な人にとってロドスやミュティレーネー[*7]の美しさが何でしょう。
それは夏至の頃の防寒着、吹雪の時のふんどし、
冬至に渡るティベリス、八月のストーブです。
できることなら、運の女神（フォルトゥーナ）がやさしい顔を見せているかぎり、
ローマにいて褒めましょう、遠くサモスもキオスもロドスも。
　君も、どのような時間を神が恵んでくださろうと、
ありがたく受け取りなさい。楽しみを越年してはいけません。
それで、どのような場所にいても、思いどおりに生きたと
言えるようにするのです。悩みを取り除くのは理性や知性であり、
どこまでも広がった海を見渡せる場所ではないとすれば、
海の向こうへ走る人々は転地はしても、改心はしません。
私たちは逸楽に忙しく振りまわされ、船や
馬車に乗ってよき人生を目指します。でも、君の求めるものはここ、
ウルブラエ[*8]にあります、君が心の平静を失わぬかぎりは。

20

30

訳注

＊1　詳細不明。以下に訪問地として挙げられるキオス、レスボス、サモスはエーゲ海東岸の島、サルデイス、スミュルナ、コロポーンはエーゲ海東岸の都市。

＊2　リューディアの王で、莫大な富を誇ったことで知られる（ヘーロドトス『歴史』一・二六以下参照）。

＊3　故国への思慕と比べると。

＊4　ペルガモンの王家。アッタロス一世（前二六九―一九七年）、アッタロス二世（前二二〇―一三八年。第二代の王エウメネース二世（在位：前一九七―一五八年）の弟で、第三代の王（在位：前一五八―一三八年））、アッタロス三世（前一七〇頃―一三三年。エウメネース二世の息子で、第四代の王（在位：前一三八―一三三年））。都はペルガモンのほか、エペソス、アポッローニアなど。

＊5　ヘーロドトス『歴史』一・一四二にも言及されるリューディアの古市だが、この頃はすっかり廃れていた。

＊6　ガビイーとフィデーナエは、いずれもローマ近郊の古市で、当時はさびれていた。

＊7　マールスの馬場での教練で着用した。教練のあとは通常、ティベリス川で水泳が行われた。

＊8　ローマとネアーポリス（現在のナポリ）のほぼ中間に位置するポンプティーヌス湿原近くの田舎町。カエサルのガッリア遠征軍に加わったガーイウス・トレバーティウス・テスタがこの町の保護者だったが、留守のあいだ、キケローがあとを任されたことがキケローの書簡（『縁者・友人宛書簡集』七・一二・二、七・一八・三）から推定されている。

第一二歌　イッキウス宛

イッキウスよ、[*1] 君がアグリッパのために集めているシキリアの産品を
しっかり利用できれば、それにまさる豊かな実りは
ユッピテルでも授けられないほどのものです。愚痴はやめなさい。
ものが足りていて使える人は貧乏ではありません。
胃も肋膜（ろくまく）も脚も具合がよければ、それが何より。
王の富もそれ以上に殖（ふ）やせる財産はありません。
たぶん君は今、目の前にあるものを手控え、香味野菜や
イラクサを食す暮らしをしていますね。その暮らしは変わらないでしょう、たとえ、
突如として運の女神（フォルトゥーナ）の透明な流れが金色に染まることがあっても。[*2]
なぜなら、金銭には君の本性を変える術がないからです。
さもなくば、美徳一つに他のすべてはかなわぬと君が考えるからです。
　デーモクリトス[*3]の家畜が牧草地を食べ尽くしたのは驚きです。
彼の心が肉体を離れて外を飛びまわるあいだに畑まで食べました。

10

20

ところが君は利得という強烈な伝染性疥癬に囲まれながら、
いまだ何一つ卑小な知恵を身につけず、崇高なものに心を向けています、
いかなる原因が海を封じ込め、何が一年を律しているか、
星辰の徘徊と彷徨は自身の意志によるのか、法則によるのか、
月が欠けるのは何が覆っているのか、何が引き出して満ちるのか、
世界の不和なる調和[*4]にはいかなる意味、いかなる働きがあるのか、
エンペドクレースと鋭敏なるステルティニウス[*5]のいずれが狂人か、と。
　しかし、君がぶつ切りにするのが魚であるにせよ、韮（にら）と玉葱であるにせよ、
ポンペイウス・グロスプス[*6]と付き合って、彼の求めには快く
応じてください。グロスプスは正当でもっともな頼みしかしません。
友人を買いつける値段は安いものです。良識ある人間に入用なぶんだけですから。
　でも、ローマの情勢がどんな具合いか、知らずにいてはいけません。
アグリッパの武勇がカンタブリア人を、クラウディウス・ネローの武勇が
アルメニア人を倒しました[*7]。プラアーテースはカエサルの命令権に
帰属して跪（ひざまず）きました[*8]。黄金に稔（みの）る豊穣の女神が
その果実を満杯の角からイタリアに降り注ぎました[*9]。

訳注

＊1　『カルミナ』一・二九でも呼びかけられている人物。アグリッパ（一・六・二六参照）のシキリアの地所の管理人。

＊2　川水が黄金に変わった話としてすぐに想起されるのは、プリュギア王ミダースにまつわるもの。すなわち、触れるものすべてを黄金に変える力をバッコス神から与えられた王が――食べ物まで黄金に変わって困ったため――この力をパクトロス川で洗い流したことから、この川が砂金を産するようになった、という縁起譚。だが、この話には運の女神は登場しない。

＊3　前五世紀から四世紀初頭のアブデーラ（トラーキアの町）出身の哲学者。原子論を唱える。学究の旅のあいだに身代を潰した（二・一・一九四、二・三・二九七参照）。

＊4　エンペドクレース（前四九三―四三五年頃。アクラガース（現在のアグリジェント）出身の哲学者で詩人）が唱えた原子論の主原理。特に愛と闘争が主要素。同じ表現が、オウィディウス『変身物語』一・四三三に見られる。また、二・三・四六二以下も参照。

＊5　共和政末期（？）のストア派の哲学者。『諷刺詩』二・三では、彼による人間の狂気についての議論が扱われる。

＊6　『カルミナ』二・一六で呼びかけられ、シキリアの大規模畜産家として描かれる。

＊7　前二〇年夏に蜂起したカンタブリア（スペイン北部）を翌年にアグリッパ（一・六・二六および同所の訳注＊4参照）が征服、その直後、アルメニア（現在のトルコ北東部）をクラウディウス・ネロー（のちのティベリウス帝。一・三・二参照）が征服した。

＊8　プラアーテースは、パルティアの王。クラッススを敗死させた前五三年のカッライの戦いでローマ軍から奪った鷲旗を前二〇年五月一二日に返還した。征服されたわけではないので「跪きました」には誇張があるが、アウグストゥス『業績録』三二も「嘆願」という語を用いている。

＊9　前二二年に凶作による厳しい飢饉があったことから、収穫が回復したことについての表現。同時に、真の富としての平和を重ね合わせる。

第一三歌　ウィンニウス宛

君が出発する時に何度も時間をかけて指示したように、
ウィンニウスよ[*1]、アウグストゥス殿に封印した巻物を届けるのは、
殿下の体調も機嫌も優れる上に[*2]、これをご所望の折にしてくれたまえ。
私への忠勤があだになってはならない。拙著に嫌悪を
招くかもしれないからね、まめに尽くしてくれる骨折りも行き過ぎると。
もしや私の本の重さで荷物を運ぶのがつらくなれば、
投げ捨ててもらってもいい。そのほうが、指定の届け先まで我慢してから
積み荷を荒々しく投げつけたり、アシナという父親の
副名[*3]を笑いの種にして、君も話題の主となってしまうよりよいから。
　力をふりしぼって坂も川も沼地も越えてくれたまえ[*4]。　10
目的を達成して向こうへ着いた暁（あかつき）には、
荷物の管理をきちんとして、かりそめにも脇の下に
書物の束を抱えてはいけない。それではまるで農夫が子羊を、

ほろ酔い加減のピュッリア[*5]が盗んだ羊毛の玉を、
宴(うたげ)に招かれた冷や飯食いの親類[*6]が帽子とスリッパを抱えるようだから。
それに、みんなに話してはいけないよ、君が汗を流して運んだのが
詩歌で、その魅力の前に目をとめ、耳を澄ますのは
カエサルだとは。もうだいぶ懇(ねんご)ろに頼んだから、さあ、がんばって。
行きたまえ。元気で。気をつけて、転ばぬよう、預かり物を壊さぬよう。

訳注

＊1　詳細不明。
＊2　スエートーニウス『皇帝伝』「アウグストゥス」八一―八二によれば、アウグストゥスは生涯を通じて何度か命の危険がある病気を患ったが、特に前二三年は深刻だったとされる。
＊3　アシナ（Asina）は「ロバ」の意味で、実際に使われたローマ人の副名。
＊4　アウグストゥスはローマにいて、ホラーティウスはティーブルにいる。そのあいだはずっと平坦な道程なので、ここは誇張表現。
＊5　小間使いの女の名前。ミーモス劇（一種のパントマイム劇。一・一八・一四参照）か喜劇の一場面が念頭に置かれていると考えられるが、はっきりしない。
＊6　一族の中で資産のない係累。政治的理由から宴会に招かれることがあるが、奴隷を保有しないため、宴席で履くスリッパを自分でもってくる。

第一四歌　農場管理人宛

　私に自分を取り戻させてくれる森と農場の管理人よ。
この農場をおまえは嫌っている。そこには五軒もの家族が住み、
五人の立派な家長をいつもヴァリア[*1]へ送り出しているのに、だ。
勝負しよう、どちらが草取りに強いか。私は心から抜く。おまえは
畑から引き抜け。ホラーティウスと地所とどっちが勝つかだ。
　私は今、ラミア[*2]への友誼（ゆうぎ）と心配のためにここから動けない。
彼が兄の死を悼（いた）み、兄を奪われた悲嘆は
慰めようもないからだ。だが、心と魂はもうそちらへ
向かっており、走路を遮（さえぎ）る横木を破り出ようと逸（はや）っている。
10
　私は田舎暮らしが、おまえは都会暮らしが幸せだと言う。
他人の境遇を愛する者は、当然、自分の境遇を憎む。
どちらも愚か者だ。場所に責任はないのに、不当に非難しているのだから。
罪があるのは魂だ。決して自己を脱却できないのだから[*3]。

おまえも雑役奴隷の時はひそかに田舎行きを願っていたのに、
管理人になった今は都の競技祭や浴場が所望だ。
知ってのとおり、私は自分を変えない。出かける時は暗い気持ちだ。
気の重い仕事のためにローマへ引っ張り出されるに決まっているからだ。
　私とおまえは称えるものが違う。だから、不一致が生じるのだ、
私とおまえのあいだには。さびれて人の立ち寄らぬ荒れ野だとおまえが
思う場所を安楽の地だと、私と同じ考えの人は呼ぶ。その人が嫌う
場所をおまえは美しいと考える。おまえには売春宿や脂の光る飯屋が
都への思慕をかき立てる。分かってるさ。それに、どうだ、
その一角じゃ、胡椒や香料を育てるほうが葡萄の育ちより早いくらいで、
近くに葡萄酒を出す居酒屋もないから
どうしようもない。男商売の笛吹女でもいれば、そいつの
拍子に合わせて地面を踏み踏み踊れるのに。でも、おまえはせっせと
もう長いことほったらかしていた畑を鍬で耕し、牛には
軛から外したあとも世話をしてやり、枝からもいだ葉を腹いっぱい食べさせる。
うんざりしたところへ川の仕事が加わる。雨が降ると、川に
高く土手を築いて、陽当たりのよい草地に手を出すな、と躾けるんだ。

20

30

さあ今、何が私とおまえの協調を隔てているか、聞け。
私は細かな織り地のトガと香油で光る髪が似合った男、
知ってのとおり、手土産なしでも強欲なキナラ[*4]に好かれた男、
昼日中に澄んだファレルヌス葡萄酒[*5]を飲み干した男だが、
今の楽しみは簡素な食事と川辺の草の上にまどろむことだ。
戯れに興じたことを恥じてはいない。恥は戯れを切り上げぬことだ。
おまえのいる田舎には一人もいない、横目で私の幸せを
削ぎ取ったり、憎しみの牙に毒を仕込ませたりする者は。
隣人は私が土くれや岩を動かしているのを見て微笑んでくれる。
おまえは奴隷たちと一緒に都で日々の食い分を齧る(かじる)ほうがよいと思い、
奴隷たちの仲間に入りたくて気が急い(せい)ているが、妬(ねた)まれてもいるんだ。
おまえは薪も家畜も菜園も使い放題だって、従僕があざとく言ってるよ。
うんざり気分の牛は馬の鞍(くら)を、馬は耕作することを所望する。
どちらも知っている技術に従事せよ、と私は意見してやるよ。

40

訳注

＊1　ティーブルから数キロメートル東にある市場町（現在のヴィコヴァーロ（Vicovaro））。

＊2　『カルミナ』一・二六が献じられ、同書三・一七に言及がある。紀元三年の執政官ルーキウス・アエリウス・ラミアのことだと考えられている。

＊3　ルクレーティウス『事物の本性について』三・一〇六八―一〇六九「このようにして各人は自己から逃れようとするが、もちろん実際には、自己を脱却することはまずできない」。

＊4　一・七・二八参照。

＊5　カンパーニア北部ファレルヌス地方産の銘酒。

第一五歌　ウァーラ宛

ウァーラ[*1]よ、ウェリアの冬、それに、サレルヌムの気候[*2]はどうですか。
どんな人々の住む場所で、道路はどうでしょう。私は今バイアエ[*3]ですが、
アントーニウス・ムーサ[*4]のおかげで当地の滞在は不用となり、こちらで
私は鼻つまみ者です。なぜって、私を冷たい水に浸からせるんですから、
寒の最中だというのに。[*5]まったく、ミルテの森を見捨てるとは、
筋肉の慢性病を追い出すと評判の
硫黄泉[*6]を侮るとは、と町の人は嘆きます。恨めしげな目の先で病人たちは
頭やお腹の上に泉の水を浴びようと意を決して
クルーシウムへ、また、ガビイー[*7]や涼しい田園へと向かっています。
私も場所を変えねばなりません。なじみの旅籠も
通り過ぎて馬を駆るのです。「どこへ行くんだ？　俺はクーマエ[*8]にも
バイアエにも行かんのだ」と腹立たしげに左の手綱を引きながら
馬に向かって言うでしょう。でも、馬が命令を聞く耳は馬銜ですね。[*9]

さて、どちらの住民[*10]を養う穀物の蓄えが大きいですか。
飲み水は雨を集めたものですか、それとも、井戸から尽きることなく
湧き出る水ですか。葡萄酒なら、そのあたりのものはごめんです。
私の田舎にいる時はどんなものでも辛抱して我慢できますが、
海辺に出てきたら、いつも高級銘柄の芳醇な酒が欠かせません。
それで憂いを払い、それを豊かな希望とともに注いでは
私の血管と心に浸み入らせ、それを問わず語りの案内人として、　20
それでルーカーニアの娘とも付き合える若者気分になるんですから。
さて、よりたくさんの兎や猪を産するのはどちらの地域ですか。
どちらの海のほうに魚やウニが多く隠れていますか。
私は家へ戻る時に肥えたパイアーケス人[*11]になりたいので、
これらを手紙に書いてください。私も全幅の信頼で応えます。
　マエニウス[*12]は、母親譲りの財産も父親譲りの財産も
平然と使い果たしてから、都会派の扱いを受け始めましたが、
太鼓持ちよろしく、あちこち歩きまわって、定まった餌場はもたず、
食事にありつけないと市民と敵の見分けがつかずに
誰にでも好き放題に悪評をでっち上げる人泣かせ、　30

40

市場の害毒、暴風、底なし穴で、
手に入れたものは何でも貪欲な胃の腑への贈り物でした。
この男は、ろくでもない話を喜ぶ人々と怖がる人々から、全然または
ほんの少ししか獲物がないと、必ず平らげたのが幾皿もの牛の胃袋や
安っぽい子羊肉で、その量は熊三頭の餌にも十分でした。
それはむろん、浪費家の胃の腑は白熱した鉄板で
焼くべし、[13]と改心したベスティウス[14]よろしく主張するためです。しかし、
あげた戦果がずっと大きい時は、何でもすべて
煙と灰に変えてしまってから、いつも言っていました、
「俺は決して驚かないよ、身代を食い潰す人があったって。肥(ふと)った
ツグミにまさるもの、大きな牝豚の子宮以上の美味はない」って。
驚くなかれ、この男は私そのものです。私は安泰と質素を褒めます。
懐(ふところ)が寂しくても、安物を使ってまったく平然としています。
ところが、ずっとましなもの、脂(あぶら)の乗ったものが手に入ると、この私は
言うのです、賢明によき人生を送っているのは君たちだけだ、君たちの
金遣いが地に足をつけていることはぴかぴかの別荘が示している、と。

訳注

＊1　詳細不明。古注はウァーラ・ヌモーニウスとしている。

＊2　ウェリア（現在のカステラマーレ・ディ・ヴェーリア）はルーカーニア（イタリア半島の「足の甲」から「土踏まず」にあたる地方。後出二一）に、サレルヌム（現在のサレルノ）はそれより少し北のカンパーニア地方にあり、いずれも海辺の保養地。

＊3　一・一・八三参照。

＊4　アウグストゥスに冷湿布治療を施したという医師。

＊5　一・三・二六参照。

＊6　近辺は有数の火山地帯で、硫黄泉が湧く。

＊7　クルーシウムはエトルーリアの町（現在のキウージ）、ガビイーについては一・一一・七参照。

＊8　ギリシア人植民者が建設し、ローマの運命を記す予言書を預かる巫女シビュッラの神託所で有名な町（現在のクーマ）。バイアエの北数キロメートルにある。

＊9　原文の直訳は「馬の耳は轡をはめた口にある」で、手綱を引くだけで言葉は不要、の意。

＊10　詩の冒頭にあるウェリアとサレルヌムについての問いに戻る。

＊11　一・二・二八―二九参照。

＊12　有名な浪費家。古注には「中央広場を見渡せる屋敷を売り払ったとき、一本の石柱だけ自分のために残しておき、そこから剣闘士競技を眺めた。そのため石柱は『マエニウスの柱』と呼ばれた」と記されている。『諷刺詩』一・三・二一―二三では、自分の欠点に自覚のない人間として言及される。

＊13　奴隷への処罰として罪のある部位、例えば盗みなら手に熱した鉄板を押しつける。ここでは、贅沢な食事をする連中の胃袋にお仕置きを、という皮肉。

＊14　詳細不明。

第一六歌　クインクティウス宛

クインクティウス大兄[*1]へ。私の地所のことをお尋ねですか。
畑は主人を養えるか、オリーブの実は財を築けるだけ生えるか、
リンゴや牧場や楡(にれ)の木に這わせた葡萄はどうか、ですって。
農地の形質と地勢をおしゃべりなくらいに記してさしあげましょう。
　山々の連なりをそこだけ遮(さえぎ)るように木陰深い
谷[*2]があります。昇る太陽の光に右の山肌を見つめられ、
左の山肌は去りゆく太陽の馬車のぬくもりを感じますから、
程よい加減をあなたも愛(め)でるでしょう。それに、藪(やぶ)にも恵み深く
赤いミズキの実やスモモが生(な)り、樫や常磐樫(ときわがし)の木が
豊かな実りで家畜の群れを、豊かな陰で主人を喜ばせるなら、　10
あなたは言うでしょう、タレントゥム[*3]の繁みが近くに移ってきた、と。
泉も川に名前を冠するにふさわしく、
トラーキアを蛇行するヘブロス川[*4]もかなわぬ冷たさ、清らかさで、

その流れは病弱の頭にもお腹にも実に優れた効能があります。
この隠棲の地は心地よく、また、本当に天国のようですから、
聞いてください、九月のこの時期まで私は達者でいられます。
　あなたの生き方ですが、人の噂そのままのお心がけなら立派です。
ローマでは私たちみんな昔からあなたが幸福だと言い合っています。
でも、心配は、ご自分のことであなた自身より他の誰かを信頼しないか、
幸福とは、知恵と良識を有することとは違うとお考えではないか、
人々があなたは健全で健康そのものだと
言いすぎると、いざ食事という時に出た熱を隠し、
偽っているうちに脂(あぶら)まみれの手を震え[*5]が襲わないか、ということです。
愚かな人間は悪しき羞恥心から潰瘍(かいよう)を隠したまま手当てしません。
　仮に誰かが陸と海であなたの戦った戦争を
語り、澄ました耳に次のような言葉で機嫌をとるとします。
「あなたの安寧を願う国民と国民へのあなたの思いのいずれがまさるか、
見分けのつかぬよう保たれるべし。あなたにも都にも好意を示す
ユッピテルにより」。これはアウグストゥス級の賛辞です。お分かりですね。
賢人で、改める余地のない方よ、と人に呼ばせるだけは呼ばせても、

20

30

40

どうでしょう、それを自認なさってこう答えたりしますか、「確かに
良識と英知を有する人士と言われれば私もうれしい、君と同じにね」と。
今日この呼び名をくれた人も、明日には気分次第で剝奪します。ちょうど
儀鉞（ファスケース）*6を授けた相手が不相応だった場合に取り上げるのと同じです。
「それを置け。私のだ」と言われれば、私は置いて寂しく退きます。
さらに、泥棒め、と怒鳴られ、恥知らず、と呼ばれ、
縄で父親の首を絞めたやつだ、と訴えられれば、
私は偽りの悪評に咬（か）まれた痛みに顔色を変えるべきでしょうか。
偽りの栄誉に喜び、嘘による汚名に怯（おび）えるのはどんな人でしょう。
矯正と治療が必要な人だけです。良識ある人士とはどんな人でしょう。
「元老院の決議、法律、諸権利を遵守する人、
その裁定により多くの重大な訴訟が決着を見る人、
その保証のもとに財産が維持され、その証言のもとに勝訴できる人」。
ところが、こういう人も家族や近所の人みんなの目には、
中身は醜悪、上っ面だけ飾って見栄えよし、と映ります。
「私は盗みも逃亡もしたことはありません」と私に言う
奴隷があれば、「褒美に、鞭で痛めつけないよ」と私は言います。

「人を殺したことはありません」。「磔にして鴉に食わせはしないよ」[7]。

「私は善良で誠実です」。と、サベッリー人[8]が首を振って、全然、と言います。
50　「実際、用心深い狼は落とし穴を恐れ、鷹は
怪しい罠を、鳶は隠れた鉤を恐れる。

良識ある人々が道に外れることを憎むのは美徳を愛するゆえだ。

ところが、おまえが罪に手を染めないのは罰を恐れるゆえだ。

ごまかせると思えば、神聖なものと不浄なものを混ぜこぜにするだろう。

おまえが空豆をくすねるのに一〇〇〇あるうちの一モディウス[9]だけにしたとする。

それによって私の損害は軽くて済むが、おまえの罪は軽くならない」。

こういう良識ある人士は、広場全体、法廷全体から注視されつつ、
神々を豚か牛の犠牲で宥める時はいつも、

「父なるヤーヌスよ[10]」と高らかに、「アポッローよ」と高らかに唱えたのち、
60　聞かれるのを恐れながら唇を動かします、「美しきラウェルナ[11]よ、
私のごまかしをかなえよ。清く正しい人間に見られることをかなえよ。

夜で罪を、欺瞞を雲で覆い隠したまえ」と。

　どうして貪欲な人間が良識と自由の点で奴隷にまさるでしょうか。

三叉の辻にはまり込んだ銅銭を拾おうと身を屈める[12]のですから、

70

そんなはずはありません。欲望を抱く人は恐怖も抱きますし、さらに恐怖とともに生きる人は決して自由になれないと私は思いますから。これまで武器を失い、美徳の持ち場を放棄したのはどんな人でしょう。どんな時にも財を殖（ふ）やすことに忙しく没頭している人です。こういう捕虜は売れるのですから、殺してはいけません。奴隷として有益なのです。身体が頑丈なら牧畜や畑の耕作をさせなさい。船に乗せ、波間で冬を過ごす商人にしてもよいでしょう。相場の安定に資するよう、穀物や食糧を輸入させなさい。良識と知恵をそなえる人ならきっぱりと言うでしょう。「ペンテウス[*13]よ、テーバイの指導者よ、私にどんな忍耐と我慢を
不当にも強いるのか」。「財産を没収しよう」。「つまり、家畜や金や
家具や銀器のことか。もっていくがよい」。「手枷をはめ、
足枷をして非情な監視人のもとに留置しよう」。
「私が望めばただちに、ほかならぬ神が私を解放するだろう」。思うにこれは「私は死ぬぞ」という意味です。死は万事の終点ですから。

訳注

＊1　詳細不明。『カルミナ』二・一二も、同名の人物に宛てられている。「大兄」は字義どおりには「最良の」。ホラーティウスの父親（『諷刺詩』一・四・一〇五）、マエケーナース（同書一・五・二七）、ウェルギリウス（同書一・六・五四）などにも用いられている。
＊2　ディーゲンティア川が流れる谷（一・一八・一〇四参照）。
＊3　一・七・四五参照。
＊4　一・三・三参照。
＊5　料理は切り分けにナイフを使い、指でつまんで食べた。
＊6　一・六・五三参照。
＊7　格言的表現。ペトローニウス『サテュリコン』五八・二では「磔台の肉片、烏の餌」という表現が悪罵として用いられている。
＊8　ホラーティウスの生地ウェヌシア近隣の民族。古来の厳格な道徳を保持した、という前提での言及。
＊9　ほぼバケツ一杯ぶんの量。
＊10　一・一・五四参照。ここでは門戸の守り神として呼びかけられている。
＊11　盗賊を守護するとされた女神。
＊12　ローマでは、子供が敷石の上に溶かした鉛で銅銭を固定し、拾おうとする通行人をからかう遊びをしたらしい。
＊13　ペンテウスはテーバイの王で、バッコス神を神と認めず、瀆神を働いたため、バッコス神を信心する母アガウエーによって八つ裂きにされた。その物語に取材したエウリーピデースの悲劇『バッカイ』四九二—四九八でのバッコスとペンテウスのやり取りがここで借用されている。

第一七歌　スカエウァ宛

スカエウァ[*1]へ。君は自分のことは自分で配慮できる人だし、また、
いったいどのように偉い人たちと付き合うべきかもご存じだろう。でも、
聞きなさい。まだ自分が学ばねばならぬ身の愚友の意見で、まるで
盲人が道案内をするかのようだが、それでも聞いてみなさい。少しは
手本として心がけてもらえることを私も話すかもしれないから。
　もし君が静穏を喜び、第一時[*2]まで眠ることを
楽しみとし、車輪の土埃（つちぼこり）や騒音や
旅籠（はたご）が嫌いでも、フェレンティーヌムに行ってらっしゃい。[*3]
たしかに、富者だけが喜びに与る（あずか）のではないし、
人知れず生まれ、死んでゆく人の人生が悪しきものでもない。
10 でも、周囲の人の役に立ち、自分のこともう少しやさしく
いたわる気があれば、食いはぐれを脱して富める食卓へ身を寄せなさい。
「青菜の食事で辛抱できるなら、王侯との付き合いを

アリスティッポスも望みはしない」。「王侯との付き合い方を知っていれば、
私を咎める人間も青菜を嫌がるだろう」[4]。この二人のどちらの
言葉と行いがまさっているか、教えてくれたまえ。いや、年下の君が聞きなさい、
なぜアリスティッポスの意見がまさっているのかを。というのも、
噛みつこうとするキュニコス派を彼は手玉にとっていたという話だ。
「私は自分のため、君は民衆のために太鼓持ちをする。正しいのはこっち、 20
こっちがずっと上等だ。私は馬に乗り、王に養われるために
義務を果たす。ところが、君は安物ばかりのために物乞いをして
施し主に頭が上がらない。いくら何一つ不足はない、という顔でいてもだ」。
アリスティッポスにはどんな生き方、地位、暮らしぶりでも似合っていた。
常に上を目指しながら、たいていは目の前にあるもので事足りた。
他方、二つに折って重ねた襤褸[5]に辛抱強くくるまる人が
正反対の方向に人生を進んで似合うことがあれば、驚きだ。
一方は緋紫の衣も期待したりはしないが、
どんな服でも着て賑わいを極める場所にも出ていき、
どちらの役まわりもぎこちなさを見せずにこなすだろう[6]。 30
他方はミーレートス織[7]のものでも犬や蛇に劣ると言って

毛織り外套を避けるだろう。そのままでは凍え死んでしまうから、
襤褸を届けよう。届けてやって、変わり者の人生を送らせなさい。
　偉業をなし、捕虜にした敵を市民の前に誇示することは
ユッピテルの玉座に手を触れて、天に届こうとすることだ。
第一人者の人々に気に入られたなら、その誉れは決して小さくはない。
人は誰でもコリントスへ行けるわけではない[*8]のだから。
不首尾を恐れる者はいつも座ったままだった。「それはそうだが、
どうなんだ、やり遂げた者は。男らしい行為ではないのか」。でも、
私たちの問題はほかでもない、ここにある。こちらは重荷の前で及び腰、
小さな魂、小さな身体には重すぎると思っている。　40
あちらは担ぎ上げて運びきる。美徳は空虚な名前だけなのだろうか。
さもなくば、挑戦者こそ美名と褒美を正当に求めうるのだろうか。
　パトロンに面と向かっては自分の貧しさを言わずにいる者たちのほうが
ねだる人間より多くもらえる。結果が全然違う、慎み深く手にとるのと
かっさらうのでは。でも、万事の始めと源はまずもらうこと。
「私こと、妹に婚資なく、[*9]母はただただ貧しく、
地所は売り物にもならず、生計を立てるのに十分でもありません」と

50

言う人が「食べ物をくれ」と叫ぶとする。そこへもう一人が声を合わせて
「私にも」と言えば、パン切れを割り、施し物を二分することになる。
しかし、鴉（からす）が声を出さずに食べることができれば、ありつく
ご馳走はもっと多く、喧嘩ややっかみはずっと少なくなるだろう。*10
旦那のお供でブルンディシウムや魅惑のスッレントゥム*11へ連れていかれて、
道が悪い、寒さが厳しい、雨ばかりだと愚痴をこぼし、
行李（こうり）が壊れた、路銀をすられた、と泣き言を言う人は
有名な遊女の手管（てくだ）を思い起こさせる。彼女は何度も首飾りやら、

60

足首の飾りやらをとられたと泣くので、やがて
本当に損害を受けて憤慨していても、まったく信用されなくなった。
三叉の辻で一度愚弄されたことのある人をまた助け起こす気にはならない。
たとえ、ペテン師が足を折ったと言い、ぽろぽろとこぼれ落ちる
涙とともに、神聖なるオシーリス*12にかけてこう誓言しても、だ。
「信じてください。本当です。冷たいなあ。起こしてください。足が悪いんです」。
すると「よそ者をさがしな」と近所の人がだみ声で怒鳴り返す。

訳注

＊1　詳細不明。

＊2　日の出直後の時間。庇護を受けている者はこの時間にパトロンへ伺候するのが朝の日課。

＊3　パトロンの供をしての旅。フェレンティーヌムは、ローマの東北東七〇キロメートルほどの山間にある田舎町。

＊4　前者はキュニコス派の創始者シノーペーのディオゲネースによる「必要品はわずかなので、できるだけ安上がりで満足すべき」という主張。対して、快楽主義のアリスティッポス（一・一・一八参照）は適応性を勧め、シュラークーサイの僭主ディオニューシオス一世の宮廷にいた。逸話はディオゲネース・ラーエルティオス『ギリシア哲学者列伝』二・六八に伝わり、同書二・一〇二にはメートロクレースという別のキュニコス派の哲学者について同様の話が見られる。

＊5　ディオゲネースは「着古した上衣を二重折りにして（下着用にも）使った最初」とされる（ディオゲネース・ラーエルティオス『ギリシア哲学者列伝』六・一三、六・二二）。

＊6　ディオゲネース・ラーエルティオス『ギリシア哲学者列伝』二・六七に、上質の毛織外套と襤褸着のどちらも着こなせるのはアリスティッポスくらいだと言われた、という言及がある。プルータルコス『モーラーリア』三三〇Cも参照。

＊7　エーゲ海東岸の町ミーレートスは上質の毛織物で有名だった。

＊8　ギリシアの諺「すべての人がコリントスへ渡れるわけではない」を踏まえる（ゲッリウス『アッティカの夜』一・八・四）。コリントスの娼婦ラーイスは高値だったので、十分な金のない者は魅力を感じても二の足を踏んだ。

＊9　婚資がないと結婚できないか、相応の地位の夫を見つけられない。

＊10　古注は「鴉は食べ物に近づくとき、騒がしい声を出すので、他の鳥たちを呼び寄せてしまい、独り占

めできなくなる」と記す。

＊11　ブルンディシウムはイタリア半島の「踵」に位置する港町で、ここからギリシアへ渡る船が出る（現在のブリンディジ）。スッレントゥムはナポリ湾の南端に位置する町で景勝地（現在のソレント）。

＊12　オシーリスはエジプトの神格。

第一八歌　ロッリウス宛

何事も率直に話すロッリウスへ。[*1] 私のよく知るとおりのあなたなら、
友人だと宣言したあとに太鼓持ちのように見られることはしませんね。
ちょうど奥方と遊女が並び立たず、
生き方が異なるように、信用ならない太鼓持ちと友人は違うはずです。
ですが、この悪徳と対極にあり、たぶん、さらにひどい悪徳があります。
荒っぽいと言って、田舎者のぎこちなく押しの強いやつで、
スキンヘッド[*2]に黒い歯でいるのを身だしなみと思い、
生粋（きっすい）の自由と真の美徳の士と言われたがる類いです。
しかし、美徳とはこれらの悪徳の中間にあり、いずれからも遠いのです。
一方は度を越えて卑屈な追従に走り、いちばん下座の　10
宴席で機嫌をうかがいます。富める人の頷（うなず）きにびくびくし、
鸚鵡（おうむ）返しに言葉を繰り返し、こぼれそうな話を拾い上げるさまを
ご覧になれば、まるで子供が厳しい先生の言ったことを

復誦しているか、ミーモス劇[*3]の役者が脇役を演じているようです。
もう一方は山羊の毛のこと[*4]で幾度となく喧嘩に及び、
無意味なことのために武器をとって戦います。「つまり、ないんですね、
私の言葉には第一級の信用度が。だめなんですか、私の本音を
激しく吠え立てては。ならば、人生が倍に延びてもつまりません」。
でも、争点は何かといえば、カストールとドリコスの[*5]いずれが技達者か、
20
ブルンディシウムへの街道はミヌキウスとアッピウスの[*6]いずれがよいか、です。
　金食いの愛欲や歯止めのきかぬ賽子(さいころ)遊びに身ぐるみ剝がれる人、
見栄を張って分不相応な服装や香水を身につける人、
金銭への飽くなき渇きと飢えにとらわれている人、
貧乏を恥じ、脱け出したくてならない人、こんな人を裕福な友人は、
染まった悪徳にかけては自分が一〇倍も上手なくせに、憎み、毛嫌いします。
憎まないとすると、教えを示します。まるで子を思う母親のように、
もっと賢くなるように、もっと徳を修めるように、
と願い、ほぼ真実のことを言います。「逆らってはいけないよ。私ぐらい
30
裕福なら馬鹿なことをしても許されるが、君にはほんのわずかしかない。
ぴっちりしたトガがまじめなお供には似合う[*7]。やめることだ、私と

40

張り合うなんて」。エウトラペルス[*8]は、害を加えようと思った相手には必ず高価な衣服を贈っていました。曰く、「これで幸せ気分になれば、美しいトゥニカを着て、新しい計画や期待を抱くはずだ。日の出まで眠り、商売女のためにかたぎの仕事はあとまわし、借金を膨らませた挙げ句、ついには、剣闘士になるか、野菜売りに雇われて馬を御すに決まってるよ」。

あなたなら、あの方の秘密を詮索することなど決してしないでしょうし、内密のことは酒や怒りに責め立てられても守り通すでしょう。

あなた自身の道楽を褒めて、他人の道楽をけなしたりもせず、あの方が狩りをお望みの時に詩歌を詠んだりもしないでしょう。そんなふうにして双子の兄弟アンピーオーンとゼートス[*9]の情愛は弾け飛び、ついには、厳めしい目に睨まれて竪琴は沈黙しました。どうやら兄の剣幕にアンピーオーンが従ったようです。あなたも従うことです、有力者の友人のおだやかな命令には。あの方が野山に繰り出そうとアイトーリアの網[*10]をロバに背負わせ、犬たちを駆り立てる時はいつも、さあ立って、人付き合いの悪い詩神カメーナ[*11]の憂鬱さを捨てなさい。

50
そうすれば対等の立場で料理を味わえます。労苦により贖（あがな）ったのですから。
これこそローマの男子が慣いとする仕事、評判をよくするばかりか
命と身体にも有益です。とりわけ、あなたが健康である上に
走っては犬にも、力では猪にも勝つことが
できるのでしたら。それに、勇士の武器をあなたより見事に
扱える人はいません。だって、観客の喚声が大変じゃないですか、
あなたがマールスの馬場で試合をする時は。何と言っても、厳しい
軍役とカンタブリアの戦争[*12]をあなたはまだ若輩の身で経験しました。
指揮官は、パルティア人の神殿から軍旗を引き抜いた[*13]
60
今、まだ足りぬものがあれば、イタリア軍の指揮下に加えている方です。
また、ひきこもったり、訳もなく席を外したりしませんように。
確かに、拍子や旋律に外れたことは何一つしないようにというのが
あなたの心がけですが、時には父上の田舎で馬鹿騒ぎもなさい。
軍勢を小舟に分乗させ、アクティウムの海戦をする[*14]のです。
あなたが指揮官、奴隷たちを使って敵意むきだしで演じます。
相対するはあなたの弟、湖をハドリア海に見立てて、決着は
どちらか一方に翼ある勝利の女神が枝葉の冠をかぶせるまでです。

あなたも好きな道楽が自分と同じだと思った人は
喝采して両手の親指であなたの演技を褒めるでしょう。[*15]
　もう少し助言をしましょう。何かと助言者は必要ですから。あなたも
何を、どんな人物について、誰の前で言うべきか注意すべきです。
うるさく尋ねる人は避けなさい。そういう人はおしゃべりでもあって、
70
広く開いている耳は内密のことを誠実にしまっておけません。
言葉というものは一度発せられたら飛んでいって呼び戻せません。
いけません、召使いの娘や少年への思いで肝臓を爛（ただ）れさせるようなことを[*16]
大事な友人の家の大理石製の敷居内でしては。
さもないと、きれいで愛らしい少年や娘の主人が
あなたを些細な贈り物で満足させるか、邪険に苦しめるかしますから。
　人を推薦する時はどんな人物かよくよく調べましょう。さもないと、
いつか他人の失態であなたが恥をかいてしまいますから。
でも、見損ないから不相応な紹介をすることはあるものです。ですから、
自分の罪で窮地にある人に対しては、見誤った場合は弁護しようとせず、
80
よく知った人物が譴責にさらされている場合は護ってあげましょう。
あなたの支援を頼りにしている人を弁護するのです。そういう人が

90

テオーンの歯[*17]で身を齧[かじ]られているとすれば、きっと
あなたにもすぐに訪れるはずの危険があることは分かりますよね。
まったく、他人事ではありません、隣の塀が燃えている状況は。
放置された火事は必ず勢いを増すものですから。

経験のない人は有力者の友人への機嫌とりを愉快だと思いますが、
経験のある人は怖がります。あなたも、船が沖にあるうちは[*18]、
さあ、風向きが変わって元に戻されぬようにしましょう。
嫌いなものです、陰気な人は陽気な人が、冗談好きの人は陰気な人が、
足の速い人は腰の据わった人が、野放図な人は活発でまめな人が、
〈真夜中にファレルヌスの酒を飲む[*19]〉酒好きの人は
差し出された酒杯を断る人が――断る時に、どんな
誓いでも立てて、夜に熱が出るのが怖いと言ってもです。
眉根から曇りをとりましょう。たいていの場合、控えめな人は
本音を明かさぬ人、寡黙な人は気難し屋と見られます。
何をしていても学者の書物を読みましょう。知恵を尋ねるのです、
どう算段すれば人生を静穏に過ごすことができるか、
苦しみや悩みの元が決して満足することのない欲求や、はたまた、

並の有益性しかないものについて一喜一憂しているためではないか、
美徳とは学問によって修められるのか、自然が授けるのか、
何が不安を小さくするのか、何が自分を自分自身の友人にするのか、
何が純粋な平静をもたらすのか、栄誉か、うれしい利得か、
それとも、衆から離れて人目につかず小道を進む人生か、について。
　私をいつも癒してくれるのはディーゲンティア川の冷たい流れで、
これは寒さが皺（しわ）を刻んだマンデーラの村人の飲み水になりますが[＊20]、
友よ、癒されるたびに私が何を感じ、何を祈っていると思いますか。
今あるものを、たとえ減っても保てること、自分のための人生を、
神々が生きよと望むかぎりの余生のあいだ、続けられること、
一年もつだけの本と食物の蓄えがしっかり
あること、あてにならぬ時間を期待して右に左に振りまわされぬことです。
でも、ユッピテルに願うのは神が与え奪うものだけで十分です。
命をくださり、身代をくださるなら、私の心の平静は自分で調達します。

訳注

＊1　第一巻第二歌と同じ名宛人。「率直に話す」は自由人の資質。

＊2　キュニコス派のディオゲネースは、息子たちに「髪は短く刈って飾り物をつけぬようしつけた」とされる（ディオゲネース・ラーエルティオス『ギリシア哲学者列伝』六・三一）。一方、テオプラストスは、けちな人が「地肌が見えるまで髪を短く刈ってもらう」例を挙げている（『人さまざま』一〇・一四）。

＊3　一種のパントマイム劇。

＊4　山羊の毛を羊毛と呼べるかどうかという議論で、次行と同じく、無意味なことの格言的な喩え。

＊5　おそらく役者か剣闘士。

＊6　ブルンディシウムについては一・一七・五二、アッピウス街道については一・六・二六参照。ミヌキウス街道がどこを経由したかについては詳細不明。

＊7　「ぴっちりしたトガ」は質素な身なりを表し、「お供」はパトロンに従う取り巻きのこと。

＊8　プブリウス・ウォルムニウス・エウトラペルス。裕福なローマ騎士。彼宛のキケローの手紙（『縁者・友人宛書簡集』七・三二、七・三三）、またキケローやアッティクスが参加して彼の家で開かれた夕食会のことを伝える手紙（同書九・二六）が現存する。

＊9　ギリシア神話に登場する兄弟。音楽で資材を動かしてテーバイの城壁を築いたとされるが、牧畜と狩りという質実な生活および音楽という二つの価値を比べて論争になったという。

＊10　「アイトーリア（Aetolis）」は、この地方の都「カリュドーン」に同じ。この都の名には「カリュドーンの猪狩り」という伝承で有名なことから、「狩の」が含意されている。ただ、「アイオリアの（Aeoliis）」とする修正提案もあり、その場合は「（アイオリアの植民市）クーマエ産の亜麻製の」という含意になる。

＊11　一・一・一参照。

＊12　カンタブリアは、現在のスペイン北西部の地域。ローマが征服して戦争が終わったのが前二五年。

＊13　アウグストゥスがパルティアから軍旗を取り戻したことを踏まえる（一・一二・二七―二八参照）。

＊14　模擬海戦はローマでは頻繁に見世物にされたが、それを田舎の地所で小さな規模でするという。とはいえ、アウグストゥス軍とアントーニウス＝クレオパトラ軍の決戦となったアクティウムの海戦（前三一年）を模すというのだから、心持ちは大きい。

＊15　剣闘士に対する判定を観衆が親指で示したことを踏まえる。出典として最も早い時期のものだが、「両手の親指」はこの個所のみ。

＊16　肝臓を情熱のありかとする表現は、『カルミナ』一・二五・一五にも見られる。

＊17　中傷や讒訴を表す言いまわし。表現の由来は不明。

＊18　目的地に到着する前は、の意。

＊19　有力写本にはなく、削除提案が多くの校本で受け入れられている。

＊20　ディーゲンティア川はサビーニー地方にあるホラーティウスの地所（一・七・七七参照）を流れる小川（現在のリチェンツァ）で、マンデーラはその近くの山村（現在のバルデッラ）。

第一九歌　マエケーナース宛

学あるマエケーナースよ、その昔のクラティーノス[*1]の言に従えば、
どのような詩も末永く人を喜ばせて生き続けるには、
書き手が水を飲んでいては無理です。正気を逸した
詩人たちをリーベル神がサテュロスとファウヌス[*2]らの仲間に加えて以来、
甘美なるカメーナ[*3]女神は明け方いつも口元に葡萄酒を香らせてきました。
ホメーロスは葡萄酒を称えている[*4]ので酒飲みと非難され、
父なるエンニウスも酒を飲まずには決して戦争の
歌に跳びかかりませんでした[*5]。「中央広場(フォルム)とリボーの井戸[*6]を
私はしらふの人々に託し、厳(いか)めしい連中から歌を取り上げよう」。
このお布令を私が出すや、詩人たちはただひたすら　10
夜は競い合って生酒を飲み、昼は酒臭さを振りまきました。
どうでしょう。今、誰かが厳しい目つきで睨(にら)みをきかせ、裸足で、
短めに作ってもらったトガを着てカトーを真似る[*7]とします。

カトーの徳性と徳行を体現できるでしょうか。
イアルビータースはティーマーゲネースの弁舌に挑戦して破滅しました[*8]。
都会派で雄弁に見せたいという熱意とがんばりの末のことです。
真似やすい欠点がある手本は間違いの元です。実際、ふと
私が青ざめた顔をしたりすれば、血色を奪うクミン[*9]を飲む連中がいます。
物真似屋たちよ、奴隷根性の羊たちよ、もう何度、私の
20
腹がおまえたちの騒ぎで煮え立ったか。何度おかしくて茶を沸かしたか。
　私は無人の地に自由な足跡を残した最初の人間ですし、
私の足が他人の足跡を踏んだことはありません。己を信ずる者は
先頭に立って群れを率います。私こそ初めてパロスのイアンボスを
ラティウムに示しました。手本にしたのは韻律と精神だけで、
アルキロコスの題材やリュカンベースを責めた言葉は使っていません[*10]。
私を称える枝葉の冠が小さくならぬように申します。
確かに私は歌の律動や形式を変えることを恐れましたが、
男まさりのサッポー[*11]もアルキロコスの韻脚を用いてムーサを律し、
アルカイオス[*12]も同様ですが、題材と構成は異なります。
30
アルカイオスは舅（しゅうと）を探して黒い詩句で塗り立てようともせず、

40

名を汚す歌によって許嫁（いいなずけ）に首くくりの縄を結ばせもしません。
彼の歌を私は、他の者が口ずさんだことのない時に、ラティウムの
竪琴に乗せて広めました。楽しいかな、歌われたことのないものを携え、
高貴な人の目で読まれ、手にとってもらうのは。
　お教えしましょうか、なぜ恩知らずな読者が私の小著を
家では褒めて愛読しながら、敷居の外へ出ると不当にけなすのか。
私が風のように浮気な民衆の投票をかき集めようとして
食事をふるまったり、古着を贈ったりしないからです。
私が耳を傾け、擁護するのは高名な作家たちで、
批評家の選挙区と演壇に媚びを売ることをよしとしないからです。
ここに、かの涙の原因があります。「混み合った講堂に不釣り合いな
書き物を朗唱し、つまらぬものにもったいをつけるのは恥ずかしい」と
私が言うと、必ず言われます、「笑ってるね。ユッピテル[*13]に聞かせようと
とっておくんだ。自信家だもの。詩歌の蜜を注ぎ出すのは
君一人、己が目には美しきかな、だね」と。これを鼻であしらうのは
怖いですし、取っ組み合いをして鋭い爪で引き裂かれてもいけませんから、
「その組み手は気に入らない」と私は叫び、水入りを要求します。[*14]

実際、試合が恐ろしい争いと怒りを生み、
怒りから残忍な敵意と死を招く戦争が生まれたことがありますから。

訳注

＊1　ギリシア古喜劇詩人。古喜劇は前五世紀から四世紀にアテーナイで行われ、代表的な詩人はアリストパネース。クラティーノスはディオニューシア祭で六回優勝したとされるが、作品は断片しか伝わらない。

＊2　リーベルは本来、豊穣を司るローマの神格だが、ギリシアの酒神バッコスと同一視された。サテュロスはバッコスの取り巻きをなす低位の神格。ファウヌスは本来ローマの牧神だが、サテュロスと同一視された。

＊3　一・一・一参照。

＊4　ホメーロス『イーリアス』六・二六一、同『オデュッセイア』九・六―一一。

＊5　クイントゥス・エンニウス（前二三九―一六九年）は、叙事詩、悲劇、喜劇など多くのジャンルにまたがる詩作を行い、「ラテン文学の父」とも呼ばれる詩人。「私が詩作するのは痛風を患っている時だけだ」という詩句（『サトゥラエ』断片六四）が伝わる。ここでの「跳びかかり」の解釈については、「詩人を突如として捉えた霊感」を示すとするもの、「戦士の動き」と重ねるとするもの、（字義どおり）「詩人の所作」への言及とするものがある。

＊6　中央広場にあった湧水口。竪琴と月桂冠の浮き彫り装飾が施され、詩人にふさわしいものだったが、その一方で、金貸しや演説家も喉を潤しにやって来た。古注は、法務官のリボーが最初に執務席をそこに置いたのが名前の由来としている。

＊7　裾の長いトガは贅沢や女々しさの象徴であることから、裾を短くして厳格なストア信奉者であった小カトーを真似る、と言ったもの。
＊8　直訳は「ティーマーゲネースに挑戦した舌がイアルビータースを破裂させた」で、牛のように大きく見せようとしてお腹が破れたカエルの寓話（『諷刺詩』二・三・三一四以下で語られる）を踏まえる。イアルビータースについては詳細不明。ティーマーゲネースは名の知れた弁論家で、前五五年にアレクサンドレイアから戦争捕虜としてローマに連れてこられ、料理人や駕籠かきなどをしたあと、弁舌によってアウグストゥスの寵愛を得た。
＊9　香辛料のクミンを飲むと顔色が青ざめると考えられた。
＊10　ホラーティウスが『エポーディー』においてアルキロコス風の「痛罵（diatribe）」の詩（イアンボスはその象徴的韻律）を書いたことを踏まえる。パロス島出身のアルキロコスは、リュカンベースの娘ネオブーレーと婚約していたが、これを解消された怒りから痛罵の詩を書いた。ここでは、リュカンベースとネオブーレーがそれを苦に自殺したとされている。ラティウムは、狭義にはローマを中心とする地域（現在のラツィオに相当）だが、ローマと同義で用いられる。
＊11　前六世紀前半に活躍したレスボス島出身の女流抒情詩人。
＊12　サッポーと並ぶギリシアの代表的抒情詩人。ホラーティウスは『カルミナ』で自身をアルカイオスになぞらえた。
＊13　神君アウグストゥスを神々の王ユッピテルになぞらえた表現。
＊14　剣闘士やレスラーが体勢や組み手が自分に不利だと考えると、中断を要求して、しきり直しをしたしきたりを踏まえる、という解釈に従って訳出した。

第二〇歌　詩集に

私の本よ、ウェルトゥムヌスとヤーヌス[*1]に目を向けているようだが、
きっとソシイーの軽石で身体を磨いて店先[*2]に出ようというのだね。
おまえは鍵と封印[*3]が嫌いだが、慎み深ければそれらに喜ぶはずだよ。
見てもらう人が少ないと嘆き、公共の生活がよいと言うが、
そういうふうには育ててない。とっとと行ってしまえ、行きたいところへ。
だが、出ていったら戻れないよ。「ああ、私が何をしましたか。
何を望みましたか」って、ひどい目に遭わされてから言い、気がつくと
狭いところへ押し込められてる。愛欲も満たされれば力が抜けるんだ。
　しかし、おまえの過ちを憎む思いが私の鳥占いを狂わせなければ、
おまえは若さを失わぬうちは、ローマで愛されるだろう。　10
だが、人々の手でもみくちゃにされて薄汚れてくる。
そうなったらもう、役立たずの紙魚（しみ）を無言で飼うか、
ウティカへ逃げるか、縛られてイレルダ[*4]へ送られるしかない。

20

忠告を聞かないなら、笑ってやるだけだ。ちょうど、ほら、
言うことを聞かないロバを谷底へ突き落とした人の例もある。
本当に怒っていれば、誰が嫌がるロバを苦労して救うものか。
おまえにも待ち受けているぞ、子供らに勉強のイロハを教えるうちに
町の外れで老年を迎え、舌のもつれに襲われる運命がな。
　程よい日差しのもとでおまえの聴衆が増えたとき、
私が解放奴隷の父から生まれ、細々と暮らしながら
翼を巣から大きくはみ出すように広げた、と話してくれ。
そうして、出自から割り引いたぶんを徳性に加算するんだ。
私は戦時にも平時にも都のお偉方に気に入られた。
背丈は短く、若白髪、あたたかな日差しを好み、
すぐに癇癪を起こすが、機嫌を直すのも早い、と言ってくれ。
もし誰か私の歳をおまえに尋ねる者があれば、
教えてやってくれ、私が一二月に満四四歳になったのは
ロッリウスがレピドゥスを同僚執政官に迎えた年のことだ[*5]、と。

訳注

＊１　いずれもローマの神格（ウェルトゥムヌスは季節の変化を司る。ヤーヌスについては一・一・五四参照）だが、ここではそれぞれの社があった商店街のこと。ウェルトゥムヌスの社はトゥスクス通りにあり、本屋もあった。

＊２　本は皮革紙の場合、軽石で表に出た部分の表面を擦り落としてきれいにする。パピュルスの場合、表面と端をなめらかにする。ソシイーについて、古注は「当時売れっ子の本磨きの兄弟」としている。

＊３　本は巻物の形をとり、筒に収めた。鍵と封印は筒を閉じるためのもの。

＊４　アフリカのウティカもヒスパーニアのイレルダ（現在のリェイダ（Lleida））も内乱のとき戦場となった城市だが、ここではローマで売り物にならずに都落ちした先として言及されている。

＊５　前二一年。マルクス・ロッリウスは、アウグストゥスが辞退したため、年頭に単独で執政官職に就いたが、のちにクイントゥス・アエミリウス・レピドゥスがルーキウス・ユーニウス・シーラーヌスを再選挙で破って当選した。

第二巻

第一歌　アウグストゥス宛

あなたはあれほど多くの、あれほど大きな仕事をお一人で担(にな)っています。
イタリアの国の防衛にあたり、風紀を整え、
法律を改めています。ですから、公共の利便に対する罪なのです、
もし私が長々とした話であなたのお手間をとるとすれば、カエサルよ。
　ロームルス、父神リーベル、それにカストールとポリュデウケース[*1]は
大事業をなしたあとに神々の神殿に迎えられましたが、
大地と人類の世話をし、戦争の波浪を
収拾し、農地を割り振り、町々を建設していたあいだは
自分たちの功績に見合う人気が得られない、
10
願ったとおりではない、と嘆きました。忌まわしい水蛇を叩き潰し、
有名な怪物たちを運命の定めた労苦によって屈服させた者[*2]も
反感が消えるのを見たのは一生の最期でした。
というのも、自身の閃光で燃え立つのです、自分より下位に置かれた

才能に重くのしかかる人は。その人も光が消えると愛されるようになります。
あなたはまだ目の前にいらっしゃいますが、私たちは早めの栄誉を捧げます。
あなたの威光にかけて誓いを結ぶために祭壇[*3]を築きます。
このような誉れがこれから現れることも、これまで現れた例もないと思うからです。
　しかし、あなたのこの国民が賢明で正しくあるのはただ一点、
あなたをわが国の将軍たちより、ギリシアの将軍たちより格上と見ていることだけで、　20
他のことはまったく異なる算段と方式で
判断しています。地上から離れ、寿命を
まっとうしたのを見届けたもの以外には嫌悪と憎しみを向けるのです。
古いものには大変な人気があるので、過ちを禁ずる表法、
十人委員会が制定した表法[*4]やら、歴代の王がガビイー[*5]や
頑固なサビーニーと結んだ対等の盟約やら、
神祇官の文書[*6]、予言者たちの古びた巻物[*7]などは
アルバ[*8]の山上でムーサ女神が語ったものだとしきりに言われています。
　ギリシアの場合、最古の著作はみな最良の
著作なのですから、ローマの作家も同じ天秤で
計るなら、私が多言を費やすことはありません。　30

40

オリーブは中に固いところがなく、木の実は外に固いところがありません。
私たちは幸運の頂上に達しています。私たちが描く絵も、
奏でる歌も、組み合う相撲も、香油を塗ったアカイア人より技芸に優れています。
　ワインのように日が経つと詩がよりよくなるのなら、
私は知りたいものです、頁にヴィンテージがつくのは何年ものだろうか、と。
一〇〇年前に死んでいる作家は申し分のない昔の
作家の中に入れられるべきでしょうか、それとも
安っぽい新しい作家の中でしょうか。どこかで論争にけりをつけねばなりません。
「昔のまっとうな作家だ、申し分なく一〇〇年前の作家なら」。
では、それよりたった一ヵ月、あるいは一年早く死んだ人なら
どこへ入れられるべきでしょうか。昔の詩人たちのところでしょうか、
今の世代ものちの世代も唾棄するような詩人たちのところでしょうか。
「それなら昔の詩人たちのあいだに置かれるのが当然だろう、
わずか一ヵ月か丸一年か若いだけなんだから」。
お言葉に甘えましょう。馬の尻尾の毛にするように
少しずつむしって、一つとってはまた一つとっていくと
ついには転ぶことになる。砂山崩しの議論[*9]にたぶらかされるからです。

50

そうなるのが暦の記録に遡り、品質を年月で評価し、
賛嘆するのはただリビティーナ女神[*10]が神聖としたものだけという人なのです。
　エンニウス[*11]は賢明で剛気で第二のホメーロスだと
批評家は言いますが、自分の約束やピュータゴラースの約束が
どういうことになるのかはあまり気にかけていないようです。
ナエウィウス[*12]は手許にあって心から離れないので
ほんの少し前の人に思えませんか。昔の詩はどれもそれほどに神聖です。
二人のうちどちらがまさっているかと問題になるたびに、学識の点で
名声をものにするのは老パークウィウス、崇高の点ではアッキウス[*13]です。
アフラーニウス[*14]のトガはメナンドロスにぴったりだ、
プラウトゥス[*15]はシキリアのエピカルモス[*16]に倣って急ぐ、
カエキリウス[*17]は重厚さで、テレンティウスは技巧で賞をとる[*18]、と言われます。
これらの詩人を強大なローマは習い覚え、狭い劇場にすし詰めになって

60

眺めます。これらが作家リーウィウス[*19]の時代から
われわれの時代までに数えられるローマの詩人です。
　大衆は時に正しい見方をしますが、間違う時もあります。
昔の詩人たちを褒め称えるあまり、

この詩人たちにまさるものも、匹敵するものも何一つないと言うなら間違っています。
時にずいぶん古くさいことや、たいていが生硬なことを
これらの詩人も語っていると思い、気の抜けたところも多いと認めるなら、
心得があり、私の味方で、公平なユッピテルとともに判断を下しています。
私は決して目くじらを立てていません。リーウィウスの歌を消し去るべきだなどとは　70
思いません。私は覚えています、その歌を幼い私のために鞭打つ手が早い
オルビリウス[*20]が朗読してくれました。でも、それが推敲されて
美しく、完璧に近い仕上がりに見えるというのは不思議です。
どこかにひょっとして見事な一語が輝きを放っていたり、
一行か二行少しだけ気がきいていると、
それが理不尽にも詩全体を売れるようにしてしまうのです。
　私が耐え難いと感じるのは、何であれ非難される理由が重苦しくて
味気ないと思われたからではなく、最近のものだからとされること、
それに昔の人々には大目に見るのではなく、敬意と見返りを払えと言われることです。
サフランなどの花々のあいだをアッタ[*21]の芝居が正しく散歩しているかどうかなど　80
私が疑おうものなら、廉恥心は地に堕ちた、と声を揃えて
年寄りのほとんど全員が叫びます。ですが、私が非難しようとしているのは

90
荘重なアエソープスや学のあるロスキウス[22]が演じたものです。
彼らは自分たちの気に入らないものに正しいものは何一つないと思っています。
さもなくば、恥だと思っているのです、年下の者の言うことに従うことや、
まだ髭も生える前に学んだことを年老いてから間違いだったと認めることを。
まったく、ヌマ王の作ったサリイーの歌[23]を称え、私と同様に
知らないものを自分一人だけは知っていると思われたい人間、
そういう人はすでに墓に入っている才人たちに好意を示して拍手を送るのではなく、
ただ私たちの書いたものを攻撃し、私たちと私たちのすることを底意地悪く憎みます。
　けれども、もしギリシア人たちの新しいものに対する嫌悪も
私たちと同じ程度なら、昔のものが今も残っているでしょうか。[24]あるいは、
広く一般に各人が読み、頁を繰っていけるものがあるでしょうか。
　ギリシアは戦争を終えたとき、冗談を言い始め、
運に恵まれて悪癖に流れ始めました。
競技選手やら馬やらに燃えるように熱中しました。
大理石や象牙や青銅の彫刻師を愛しました。
目も心も釘づけになって絵画をみつめました。
笛吹きやら悲劇やらに喜びました。

まるで乳母に世話されながら遊んでいる幼い女の子のように、
100 何でも欲しがって手に入れたものをさっさと飽きて捨ててしまいました。
〈何が気に入って何が気に入らないか、そこに変化がないとお思いでしょうか。[*25]〉
こうなったのも、よき平和と順風のおかげでした。
　ローマで長いあいだ喜ばしいしきたりとされたのは、朝には
家の戸を開けて目覚めること、依頼人に法律の助言を与えること、
まっとうな名義人には傷のない金を支払うこと、
どうすれば財産を殖(ふ)やし、快楽による損害を減らせるか
年長者から聞いて年少者に伝えること、でした。
その心ばえを国民は変えてしまいました。浮気なことです。ただ一つ夢中なのは
ものを書くこと。少年たちも厳(いか)めしい父親たちも
110 髪に木の葉の冠をして食事をし、歌を朗唱しています。
ほかでもない、この私も、一行の詩も書かないと宣言していますから、
パルティア人より嘘つきだと分かってしまっています。日が昇るより
早くに目覚めて筆と紙と文箱をもってこさせるのですから。
船を知らない者は船を操るのを恐れます。ハブロトヌム[*26]を病人に
与える決断ができるのは与え方を学んだ人だけです。医者の領分を

まかせられるのは医者です。大工仕事をこなすのは大工です。
ところが私たちは心得のある者も心得のない者も入り乱れて詩を書いています。
　これは常軌を外れた軽い狂気のようなものですが、それでも、どれだけ大きな
美点があるか、ちょっと考えてみてください。詩人の心に
むやみな強欲はありません。詩行を愛し、このことだけに精進します。　120
損失、奴隷の逃亡、火事を笑います。
相棒や預かっている子供に計略を策することなど
ありません。豆と二級のパンで暮らしています。
軍役となると愚鈍でいいところがありませんが、都のためには有益です。
どうか、小さなことも大きなことの助けになるのをお認めください。
詩人は少年のやわらかく、たどたどしい口をしっかりと形作ります。
それから、いかがわしい会話に耳が向かないように躾(しつ)けます。
やがて、親身な忠告で心ばえの形成を助けもします。
過酷さや反感や怒りを矯正するため、
正しい行いを語り、伸びゆく年頃の子らに有名な　130
先例を教えます。困窮した人、病める人を慰めます。
無垢な少年たちと、まだ夫を知らぬ少女は、

140

ムーサ女神が詩人を授けなかったら、誰から祈願の歌を学べたでしょう。[27]
合唱隊は助けを求め、神の臨座を感じ取ります。
天の水を乞うとき、詩人の教えた祈りで願いを聞いてもらいます。
詩人は病気を追い払い、恐るべき危険を退けます。
平和と収穫豊かな一年を勝ち取ります。
天上の神々を宥めるのも歌なら、霊界の神々を宥めるのも歌です。
古の農夫たちは強健で、わずかのもので満ち足りていましたが、
穀物の取り入れが済んだあとの祭りの時期には、
これでもうすぐ終わりだという思いでつらさに耐えてきた心と身体を引き立てつつ、
仕事仲間の小僧たちと忠実な妻とともに
大地の女神には豚を、シルウァーヌス神[28]には牛乳を捧げて宥めたものです。
人生の短さを忘れない氏神[29]には花束と葡萄酒を捧げました。
こうしたしきたりから始められたのがフェスケンニーヌスの無礼講[30]で、
一行ごとに交代する詩行によって農村の醜聞を言い立てました。
この言いたい放題の自由は毎年季節がめぐってくるごとに歓迎され、
戯れが人々の気に入りました。ところが、ついには冗談が激しすぎて
開け広げの狂犬病のように様変わりし、立派な家柄のあいだを

150

咎めも受けずに脅してまわるようになりました。被害を受けた人たちは歯に血を噛む痛みを感じました。無傷の人たちも心配しました。みんなに関わることだったからです。それだけでは済まず、法律と処罰が定められ、何人も悪い歌の描く種にならないようにしました。叩き棒の恐怖によって調べを変え、よきことを歌い、心を喜ばせるように改められたのです。

囚われの身のギリシアは野蛮な勝利者を虜にしました。[*31] 技芸を野住まいのラティウムにもたらしたのです。こうして、あのぞっとするようなサートゥルニウス詩形[*32]の流れは絶えました。重苦しい毒液を洒脱さが押しのけました。それでも、長年のあいだ

160

残りましたし、今日も残っているのが農村暮らしの痕跡です。何といっても遅かったのです、ギリシアの書物に才知を振り向けたのが。ポエニー戦争後に平穏が訪れて初めてソポクレースやテスピスやアイスキュロス[*33]がどんな役に立つのか問い始めたのです。実験もしました。それらしい翻訳ができるか試したのです。それが自分でも気に入りました。生まれつき高尚で鋭敏だったのです。十分に悲劇の霊感があり、挑戦は成功します。

それでも、無知なために［書き直して］汚すのを恥と思い、恐れました。
傍目には、市中の生活から題材をとるので汗をかく苦労が
いちばん少ないと思われている喜劇ですが、かかる負担はいっそう大きい。
大目に見てくれるところが少なくなるからです。ご覧なさい、プラウトゥスが
どのようにして恋するヤングの役柄を守り立てているか。　170
細心な父親はどうでしょう。策略に長けた置屋はどうでしょう。
大食漢の居候たちのあいだでドッセンヌス[*34]は何と大きく見えることでしょう。
何とゆるんだサンダル[*35]で舞台を走りまわることでしょう。
彼は小銭を貯金箱に入れるのが好きでたまりません。これさえ済めば
気にかけないのです、芝居が倒れるか足許確かに立っているかなど。[*36]
　風とともに栄光の戦車に乗って舞台に登場した者も、
観客ののりが悪ければ意気消沈し、受けがよければ気合いが入ります。
こんなにも軽いもの、こんなにも小さなもので誉れに貪欲な心は
萎えもし、立ち直りもします。さようなら、舞台稼業よ。私にはできません。
優勝できなければ身が細り、優勝を持ち帰れば太るのですから。　180
　強気の詩人でも怖気づいて逃げ出すことはしょっちゅうです。
品行や地位では劣るのに数でまさる連中、

無学で愚かしく、喧嘩ならあとに引かない連中が、
騎士階級の反対に遭おうとも、歌を演じている最中に熊やら
拳闘をやれと言うのですから。実にこういうものに平民連中は喜ぶのです。
けれども、騎士も今では楽しみがまったく変わってしまいました。
耳から不確かな目による虚ろな喜びへと移ったのです。　190
幕を開いて四時間かそれ以上、
そのあいだ、騎兵連隊と歩兵部隊の敗走、
とすぐに、運命の寵児たる王たちの後ろ手に縛られての連行、
二輪戦車、婦人用車駕、駕籠、船舶の疾走、
象牙の戦利品、コリントスの戦利品が連なる凱旋が行われます。
　もしデーモクリトスがまだこの世の人であったなら笑ったことでしょう、[*37]
ラクダと異種間の血を混ぜた豹か、[*38]
あるいは、白い象が大衆の目を引きつけたにせよ。
興行そのものよりも人々のほうを注意深く眺めたでしょう。
自分にはこちらのほうがずっと大きな見世物だと感じたでしょう。　200
劇作家が語りかける相手をロバだと思ったでしょう。
芝居など聞く耳をもたないのですから。というのも、あの音に打ち勝つ力をもつ

210

どんな声があったでしょうか、ローマの劇場が反響させるあの音に。
ガルガーヌス[39]の森かエトルーリアの海が鳴っているように思いませんか。
それほどに大きな喧噪の中で興行、美術品や海外の宝物の
見物が行われます。この宝物で飾った役者が
舞台に立つ時はいつも右手が左手とぶつかります。
「なにかもうしゃべったか」。「いや一言も」。「では何が気に入ってるんだ」。
「タレントゥムの染め薬ですみれ色を真似た毛織り外套だ」。
どうかお考え違いのありませんよう。私が自分にはできないとお断りしていることを
他の人たちがうまくこなすので、褒めるのが悔しいわけではありません。
ああいう詩人は綱渡りもできるように私には
思えます。私の胸を絵空事で締めつけ、
かき立て、なでつけ、偽りの恐怖で満たすのですから。
まるで魔術師のようです。私を今はテーバイ、今度はアテーナイへと運びます。
　さあ、でも、こちらの詩人たち、自分を読者に委ねるほうが不遜な
観客の侮辱に耐えるよりもよいと思う詩人たちにも
少しのあいだお心を向けてください。アポッロー神にふさわしい捧げもの[40]を
書物で満たしたい、詩人たちに拍車を加えて、

もっと大きな熱意で緑のヘリコーン山を目指させたいとお思いでしょうから。
　確かに私たち詩人は自分に災いになることをたくさんします
（例えば私も私の葡萄園を伐り倒します）[*41]。それで、あなたに私たちが
本を送るのはあなたに心配や疲れがある時です。たった一行でも友人の誰かが
思いきって批判したりすると私たちは必ず気を悪くします。
すでに朗読したところを私たちは蒸し返します。頼まれもしないのに、です。　220
私たちの苦労、そして詩作が繊細な糸で紡ぎ出されていることに
誰も気づかないと言って嘆きます。
私たちがこうなればいいと願うことと言えば、詩を
私たちが作っているのをご存じになるやただちに、あなたのほうから厚情を示して、
来るがよい、窮乏に及ばず、さあ書け、と言ってくださることです。
　それでも、手間をかけて知る価値があるのは、どんな
寺男たちが戦時と平時に試験済みの「武勇」の世話をしているか、です。
「武勇」は似つかわしくない詩人の手には託せないのですから。
アレクサンドロス大王に気に入られたのは、かの
コイリロス[*42]でした。無粋で素性の卑しい詩行を作っては　230
王室通貨であるピリッポス金貨を稼いだ男です。

240

けれども、インクは使えば染みたり、こぼれたり
するものです。詩人もたいていは書いているうちに歌が汚れて
輝かしい事績に染みをつけます。かの王も、あれほど
馬鹿げた詩には、あれほど高い金で買う気前よさを見せましたが、
お布令を出して、アペッレース[*43]以外の誰も自分の絵を
描いてはならぬ、リューシッポス[*44]以外の者が青銅を彫って
勇敢なアレクサンドロスの顔を再現してはならぬ、と禁じました。このような
鑑定、美術品を見る時の微に入り細をうがった鑑定を
書物、とりわけ、この種のムーサの賜物にあなたなら下せたでしょう。
あの王はきっと空気が重く淀んだボイオーティアで生まれたとお思いでしょう。
　でも、あなたの鑑定と贈り物が面目を失うことはありません。
あなたが優秀の折り紙をつけて贈り物を与えたのは
あなたが愛でる詩人、ウェルギリウスとウァリウス[*45]ですから。

250

青銅の像に刻まれた顔立ちも
詩人の作品によるほどには高名な勇士たちの品行や
心ばえを映し出しません。私も『談論』によって
地面を這いまわるより[*46]、さまざまな事績を詩に編みたいものですし、

陸地の状態や河川のことを、また、山々の峰に置かれた
城塞や蛮族の王国のことを語り、あなたの
指揮のもと全世界で制覇された戦争、
平和の守護神たるヤーヌスを閉じ込める閂(かんぬき)[47]、
パルティア人を驚愕させたあなたが元首たるローマを
もし私に欲するだけの力があれば語りたいものです。しかし、小さな
歌[48]をあなたの大権が受け入れてはくれませんし、私も恥ずかしくて
挑む気にはなれません。力にあまるとお断り申し上げるのです。

260

確かに、熱中すると愚かなもの、愛する気持ちがけしかけます。
とりわけ詩歌の技術によって認められようと熱中する時はそうです。
でも、人がまず先に覚えること、まず好んで思い出すのは
嘲笑の的にできることです。是認や尊崇の対象ではないのです。
私は義務など気にかけません。重荷ですから。また、実物よりひどい
顔にされた蠟細工の姿で展示されたくは決してありませんし、
出来損ないの詩句で飾られたくもありません。
赤面するではありませんか、丸々と太った[49]贈り物など授けられたら。それに、私を
書いた詩人と一緒に、蓋をした箱[50]に伸びたまま、

270
街角に連れていかれるのは嫌です。そこで売っているのは乳香やら香水やら胡椒やら、どれも役立たずの紙で包むものばかりですから。

訳注

＊1　ロームルスはローマ建国の王。死後、神格化され、戦神クイリーヌスと同一視された。リーベルはバッコスのこと（一・一九・四参照）。バッコスは（父はゼウスだが）人間の娘セメレーを母とし、雷電の姿で訪れたゼウスによって母が焼け死んだあと、母の妹イーノーに養育された。カストールとポリュデウケースはゼウスとレーダーが生んだ双子の兄弟（二・三「題材、取り上げ方、統一的構成」訳注＊5参照）で、死後、ディオスクーロイとして神々に加わった。

＊2　ヘーラクレースのこと。英雄が果たした一二功業に言及する。レルナの水蛇退治はその一つ。

＊3　アウグストゥス家の守護神（Lares Augusti）、アウグストゥス氏神（Genius Augusti）の立像が街角の社に祀られた。

＊4　いわゆる十二表法のことで、前四四九年に制定された。

＊5　ラティウムの古都。ローマが第七代の王タルクイニウス・スペルブスの時に攻略した。その時の講和協約は牛皮に古い文字で書かれた写しで、アウグストゥスの時代まで現存していたという（ハリカルナッソスのディオニューシオス『ローマの古事』四・五八・四）。

＊6　年ごとの公的記録文書。

＊7　シビュッラ予言書（一・一五訳注＊8参照）など。

＊8　ローマの母市となった城市アルバ・ロンガのこと（一・七・一〇、七六参照）。

＊9　言ってみれば、風が吹けば桶屋が儲かる式の、少しずつ論拠を重ねて（因果関係がきわめて薄い）結

論を導く一種の三段論法（キケロー『アカデーメイア』二・四九参照）。

＊10　葬儀を司るローマの神格。神殿には埋葬記録のほか、葬儀屋の道具も納められた。

＊11　以下、列挙されるのはラテン文学初期の作家。エンニウスについては、一・一九・七参照。彼の歴史叙事詩『年代記』の冒頭は、ホメーロスが詩人の夢に現れた次第を語り、詩人がホメーロスの生まれ変わりだとする。そのため、輪廻転生説を唱えた哲学者ピュータゴラース（サモス出身で、前六世紀に活躍）への言及がここでなされている。

＊12　ナエウィウス（前二七〇―二〇〇年頃）は、悲劇、喜劇を著した。

＊13　マルクス・パークウィウス（前二二〇頃―一三〇年。エンニウスの甥）とルーキウス・アッキウス（前一七〇頃―九〇年）は、ともにギリシア悲劇に基づく悲劇とプラエテクスタ劇（ローマの歴史を題材にした劇）を著した。

＊14　ルーキウス・アフラーニウス（前一五〇年頃生）は、イタリアの市民生活を題材にした喜劇「トガータ劇」（トガ＝ローマの市民服）を書いた。メナンドロスはギリシア新喜劇（ギリシアの服パッリウムから「パッリアータ劇」と呼ばれる）詩人。

＊15　ティトゥス・マッキウス・プラウトゥス（前二五四頃―一八四年頃）は、ローマを代表する喜劇詩人。二〇編あまりの作品が現存する。

＊16　前六世紀後半から五世紀のギリシアの喜劇詩人。

＊17　カエキリウス・スターティウス（前二二〇頃―一六八年頃）は、北イタリア出身の喜劇詩人。多数の作品名が知られるが、テクストは現存していない。

＊18　プブリウス・テレンティウス・アーフェル（前一八五頃―一五九年）は、プラウトゥスとともにローマを代表する喜劇詩人。小スキーピオーの文学サークルに属し、六作品が現存する。

＊19　ルーキウス・リーウィウス・アンドロニークス（前二八四―二〇四年）は、ローマに文芸の黎明をも

たらしたタレントゥム（現在のターラント）出身の詩人。ホメーロス『オデュッセイア』をラテン語に翻訳し、悲劇や喜劇を上演した。

＊20　ルーキウス・オルビリウス・プーピッルスは、ベネウェントゥム（現在のベネヴェント）出身で、前六三年にローマに出て名教師の評判をとった。

＊21　ティトゥス・クインクティウス・アッタは、トガータ劇（前注＊14参照）を書いた作家。前七七年没。

＊22　いずれも共和政末期の名の知れた役者。

＊23　ヌマはローマ第二代の王。学識と敬虔さで有名。サリイーは軍神マールスに仕える神官団。

＊24　今のローマ人はギリシアの詩作を昔のものとして読むが、作られた当時は新しく、それが評価されて残った、という意。

＊25　この詩行は前後の脈絡に合わないので、竄入の疑いが濃い。

＊26　ヨモギ科の香草。大プリーニウス『博物誌』二〇・六八には、胸部の疾患に効く、と記されている。

＊27　ホラーティウスが詩作した賛歌（『カルミナ』一・二一、四・六・二九―四四、『世紀祭の歌』など）で、これが少年少女によって合唱されたことを踏まえる。

＊28　森の神格。

＊29　一・七・九四参照。

＊30　収穫祭、婚礼、凱旋式など祝賀行事において邪視を祓うために、ふだんは憚られる悪口や猥雑な言葉をぶつけ合うしきたり。それがここではイタリアでの芝居の始まりとして言及されている。なお、フェスケンニーヌスの名称については、フェスケンニアないしフェスケンニウムという町に由来するとも言われるが、この町自体が同定できないので、確かなことは分からない。

＊31　ローマによって軍事的に征服された（前一七八年）ギリシアが文化的にローマを支配することになっ

たのを表現した有名な詩句。

*32 ローマ古来の韻律。詳細は不明だが、ギリシアの韻律が音節の長短と高低の抑揚から成るのに対し、強弱のアクセントで律せられたとも言われる。リーウィウス・アンドロニークスやナエウィウスによって用いられた。その名はサートゥルヌス（ギリシアのクロノスと同一視され、ユッピテル（ゼウス）によって天界を追われたあとラティウム（＝ローマ）に隠棲し、黄金時代をもたらしたとされる神格）に由来すると考えられた。

*33 ソポクレースとアイスキュロスは、エウリーピデースとともに、ギリシア三大悲劇詩人に数えられる。テスピスは、アテーナイのディオニューシア祭で初めて悲劇が上演された時に優勝したとされる悲劇詩人。

*34 「せむし男」の意で、アーテッラーナ劇（カンパーニア地方の町アーテッラに名をちなむ笑劇）の類型的役柄だったと考えられる。

*35 サンダル（soccus）は、悲劇の「長靴（cothurnus）」に対して、喜劇を象徴する履き物。ここでは、舞台上での大きく派手な動きをプラウトゥスの作風として表現している。

*36 喜劇作家は、造営官など祝祭を主催して興行主となる政務官に作品を売り渡すことになっていたので、売れたあとは芝居の成否に頓着しなかった、という意。

*37 一・一二・一二参照。デーモクリトスの哲学の主張の一つに、人間の愚かしい行為は怒りや嘆きよりも笑いの対象とすべき、とするものがあった。

*38 キリンのこと。

*39 アープーリア地方の山。

*40 アウグストゥスがパラーティウムの丘に建立したアポッロー神殿が図書館を兼ねていた（一・三・一七参照）ことを踏まえる。

＊41　自分で自分を害することについての格言を踏まえると思われるが、厳密な類例はない。
＊42　小アシアのカリア地方の町イアッソス出身で、アレクサンドロス大王の取り巻きの一人となり、大王を称える叙事詩を書いたが、作品は二流だった。
＊43　前四世紀の有名なギリシア人画家。アレクサンドロスとその父ピリッポスの肖像画を描いた。
＊44　前四世紀の有名なギリシア人彫刻家。数点のアレクサンドロス像が現存する。
＊45　プブリウス・ウェルギリウス・マロー（前七〇―一九年）は、ローマを代表する詩人。『牧歌』、『農耕詩』、『アエネーイス』を著した。ルーキウス・ウァリウス・ルーフス（前七〇―一五年頃）は、ウェルギリウス、ホラーティウスの友人で、叙事詩、悲劇を描いたが、作品は散逸した。
＊46　『談論』は『諷刺詩』と『書簡詩』のこと（一・四・一参照）。「地面を這いまわる」については、『諷刺詩』二・六・一七「とぼとぼ歩くムーサ」、また、本書二・二・五〇、二・三・二八を参照。
＊47　ローマの中央広場にあったヤーヌス・クイリーヌス神殿への言及。この門は戦時に開かれ、平時に閉じられるしきたりだった（オウィディウス『祭暦』一・一一九―一二四、一七七―一八二参照）。アウグストゥス以前には二度しか閉められたことがなかったこの門をアウグストゥスはアクティウム海戦後も含めて三度閉じたという（アウグストゥス『業績録』一三）。
＊48　アウグストゥスの偉大な事績を綴るのにふさわしい英雄叙事詩が「大きな歌」であるのに対し、それ以外の、教訓叙事詩、抒情詩、エレゲイア詩などは「小さな歌」とされた。非力な詩人なので、「大きな歌」は手にあまり、「小さな歌」しか書けない、とするのは「辞退」と呼ばれる常套の形式を踏まえる。
＊49　「太った」は、詩作に関する用語としては前行の「出来損ない」と同様の意義を含意する。
＊50　本は巻物で筒に収めるのが普通（一・二〇・一―三参照）だが、ここではホラーティウスの作品が出来損ないの詩と同列に「箱」に入れて、単なる「紙」として店先で使われることが想定されている。

第二歌　フロールス宛

フロールス[*1]よ、勇将として名高いネローに忠実なる友よ、
仮に誰かがあなたに奴隷を売りたいとしてみましょう。奴隷の生まれは
ティーブルかガビイーで、その人はあなたにこうもちかけます。「こいつは
色白ですし、頭のてっぺんから爪先まで男前です。
それが八〇〇〇セステルティウス[*2]であなたのものになるんです。
うちで育ったので主人の顎の動き一つで務めをこなしますし、
ギリシア語も少し習ってます。技芸の呑み込みもよくって、
何でも来い。粘土が湿っているあいだは好きな形に象(かたど)れる、というわけです。
その上、酒の肴に歌わせれば技術は未熟だが魅力的な歌を歌います。
口上が多いとかえって信用されません。度を越えてまで　10
商品を褒め上げるのは売れるうちに処分したい人間ですからね。
私は全然急いでません。貧乏ですが、借金はありませんから。
奴隷商人なら誰もこんな取引はしません。私だってそうやすやすと

誰にでも同じ買い物はさせません。こいつも一度怠け(なま)て、よくある話、階段の陰に隠れたことがあります。壁に吊(つる)した鞭が怖かったでしょうな。逃亡は免責[*3]としてご異存なければ、お代を頂戴いたします」。
その男は代金をもらってあとくされなし、ということでしょう。
あなたは傷物と承知で買ったのですし、条件は明言されていたのですから。
それでも、この男をうるさく訴えて足止めしますか。それは不当ですよ。
　私も自分が怠け者だと、あなたがご出発のとき言いました。言いましたよ、
そういう務めを果たすには身体不自由者のようなものだと。それで私に厳しい
お叱りはないはずでした。ですから、返事の手紙も出さなかったのです。
では、私は無駄なことをしたのでしょうか。法の正義は私の味方ですのに
あなたは争うのですから。あなたの文句はそれだけで終わらず、
待ってるのに歌を送ってよこさない、嘘つきめ、と言います。
　ルークッルスのある兵士[*4]は給金を貯め込むのに大いに
苦労しましたが、疲れから夜にいびきをかくあいだに、一銭残らず
失いました。そのあと彼は強暴な狼となり、自分にも敵にも
等しく怒りを抱くや、飢えた牙も鋭く、
王の守備隊を陣地から駆逐した、という話です。

20

30

40

そこは最高度の防備を固め、多くの財貨を包蔵していたそうなので、
その功業によって彼は名を上げ、栄誉の贈り物[*5]で身を飾り、
加えて、二万セステルティウスの金を受け取ります。
さて、そののちまもない頃、指揮官がどこやらの砦の攻略を
望んで、同じ兵士を激励し始めました。
その言葉は臆病者も気持ちが高揚するようなものです。
「行け、勇士よ、君の武勇が呼ぶところへ。行け、武運ある歩みで。
手柄には大いなる褒美をとらせよう。なぜ突っ立っているのか」。
これを聞いたあと、兵士は田舎者ながら機転をきかせて「行きますとも、
行きますとも、お望みの場所へは胴巻きを失くした者が」と言いました。
　幸せにも私はローマで育ちました。教育も受けました、
アキレウスの怒りがギリシア人にどれほど災いをなしたかについてなど。
それに技芸を少し上乗せしてくれたのが寛い心のアテーナイでした。
それで、言うまでもなく、私は曲がったものとまっすぐなものを見分け、
アカデーモス[*6]の森で真実を問うことを欲するようになりました。
けれども、時代の厳しさが私を喜ばしい場所から退けましたが、
内乱[*7]の荒波のためにとったことのない武器をとりましたが、

50

カエサル・アウグストゥスの腕っぷしにかなうはずがありませんでした。
ピリッピー[*8]で軍役を解かれたあと、ただちに私は
翼をもがれて地を這いました。没収を受けて父の
家も地所も失った貧しさから、やむなく意を決して
詩を作りました。でも、今は不自由しないだけのものがあります。
ですから、どれだけ毒ニンジン[*9]を飲んでも十分な解毒ができないくらい、
私が詩を書きたいと思うでしょうか。今は眠っているほうがいいのです[*10]。
　過ぎゆく歳月は私たちから一つ、また一つと奪いとっていきます。
すでに戯れを、愛欲を、宴(うたげ)を、遊興を奪い去りました。
今は詩作をもぎとろうと狙っています。私にどうしてほしいのですか。
　結局、すべての人が同じことを褒めたり愛したりはしません。
あなたは抒情詩に喜び、こちらはイアンボスにうれしくなり[*11]、

60

あちらのお気に入りはビオーン風[*12]の諷刺とピリッとした辛口です。
まるで宴の客三人の意見が合わずに、
味覚の違いからずいぶん違う品を頼んでいるかのようです。
私は何を出し、何を出さぬべきでしょう。あちらの注文をあなたは拒み、
あなたの求めるものはあとの二人にはまったく酸(す)っぱくてだめなんですから。

とりわけ、考えてください、私がローマなんかで詩歌を
書けるでしょうか。こんなに多くの気がかりや苦労に囲まれてるのに。
こっちは保証人になれと呼びつけ、あっちは書きものを聞け、ほっとけ、
他の用事は全部、と言う。こっちはクイリーナーリス丘の上で寝ていて、
あっちはアウェンティーヌスの端なのに、両方とも訪ねないといけません。
その距離は見てのとおり決して楽ではありません。「だけど、 70
通りは片づいていて、詩想を練っていても邪魔になるものはないよ」。
でも、請負人がラバや人夫と一緒に熱くなって急いでますし、
巨大な起重機が岩石やら丸太やらを吊り上げてます。
悲嘆に暮れた葬列が頑丈な荷馬車と争ってる横で、
こっちに猛犬が逃げ去れば、あっちへは泥まみれの豚が突進します。
さあ、どうぞ詩想を練って心の中で響かせてごらんなさい。
詩人たちの歌舞団はみな森を愛し、都を逃れます。
それもそのはず、眠りと木陰を喜ぶバッコス神に仕える身ですから。
あなたは私に、夜も昼も喧騒の中で
歌え、詩人たちの狭き轍をたどれ[*13]、とご所望ですか。 80
才能ある人が、しがらみのないアテーナイを自分の場所と定め、

勉学に七年を費やし、重ねる齢(よわい)を
本への愛着に捧げたのに、結局、立像よりも無口になったことも
よくあります。それを人々は腹を揺すって笑います。でも、ここでしょうか。
この世間の荒波、都の嵐のただなかでしょうか、
私が竪琴の響きに和した言葉を紡ぐのにふさわしいのは。

かつてローマにいた弁論家は法学者を贔屓(ひいき)にしたので、どちらも
相手の話から互いの褒め言葉ばかりを耳にしていました。
それぞれ相手をグラックスだの、ムーキウスだのと言いました。[*14]
90
声高らかな詩人たちならなおのこと、こういう狂乱に溺れずにはいません。
私は抒情詩を、かの者はエレゲイアを作ります。[*15] さあ、見るも不思議、
九柱のムーサが装飾した作品です。まずはご覧なさい、
どれほど尊大に、どれほど大儀ぶって、あちらこちらと
ローマの詩人たちに開かれた神殿[*16]を私たちが見てまわるかを。
次にはまた、もしお暇なら、後ろのほうから聞いてごらんなさい、
二人がそれぞれ何を携え、どんなもので自分の冠を編んでいるか。
私たちは倒(とも)し倒され、何度も打ちかかって敵を消耗させながら、
明かりが点り始める頃まで決闘を続けます。まるでサムニーテース[*17]のようです。

100
試合が終わったあとの投票で彼は私をアルカイオス[*18]、私は彼を誰あろう、
ほかでもないカッリマコスと称えます。それでもまだ足りないようなら、
彼はミムネルモス[*19]にもなり、養子縁組の副名で威光を増します。
ずいぶん我慢しないと、詩人という気難しい人種は宥められません。
自分が詩を書きながら、平身低頭、民衆の投票を頼むようなものですから。
それが、熱意が冷めて、正気を取り戻したなら、
朗読を聞くために開いていた耳を閉じてもお咎めなしで済むでしょう。
　まずい詩を作る者たちは笑われます。でも、
自分では書くことが楽しく、自負もあり、その上
こっちが何も言わないと、自分が書いたものを全部褒める幸せ者です。
110
他方、定法にかなった詩を作りたいと欲する人は
書き板をとるとき、一緒に人徳ある監察官の心をもつでしょう。
英断を下します。何であれ輝きが乏しい詩句、
重みがない詩句、栄誉に浴するに値しない詩句、
それらを立ち退かせるのです。たとえ、それらが退去を嫌がり、
ウェスタ女神の内陣[*20]の中にぐずぐずしているとしても、です。
長く埋もれていたものを人々のため親切に掘り起こし、

さまざまな見栄えのする語彙を明るいところへ引き出すでしょう。
例えば、その昔はカトーやケテーグスのような人[*21]がしゃべったが、
今は捨て置かれて見る影もなく、使われずに古びた言葉です。
また、新たに生まれた語彙も使い慣れたものは取り入れるでしょう。
そのような人は力強く、澄みわたり、何よりも清流に似て、　120
宝を注ぎ出すでしょう。ラティウムを豊かな言葉で富ませるでしょう。
伸びすぎを剪定（せんてい）し、荒れ果てたところは適切な
世話で救い、活力を欠くものは処分するでしょう。
外見は遊んでいるようにしながら苦吟するでしょう。それはちょうど
サテュロスや無骨なキュクロープス[*22]を演じ分ける踊り手と同じです。
　私なら愚かしく無能な詩人と思われるほうがよいと思います。
私が自分の欠点を喜んでいるか、少なくとも気づかぬかぎりは、
賢くて歯ぎしりするよりましです。[*23]昔アルゴスに名の通った人がいました。
その人は自分では素晴らしい悲劇の科白（せりふ）を聞いていると思ったのですが、
実は誰もいない劇場に座り、楽しい気分で拍手していたのです。　130
その他の生活上の務めを果たすのはまっとうに
していましたし、実に立派な隣人、客に好かれる主人、

140

妻にやさしく、奴隷たちを大目に見てやる度量があって、
酒瓶の封が破られていても激怒することなく、
崖や蓋の開いた井戸[*24]を避けることもできた人だったのですが。
この人が親戚の助けと世話によって回復しました。
生のままのヘッレボロス[*25]で狂気の病を追い出して、
われに返ると、「ああ、みなさんは私を殺してしまいましたよ。
救ったんじゃありません」と言いました。「これで私は楽しみをもぎとられ、
心を最も喜ばせてくれる幻想がむりやり奪い取られたんですから」。
　言うまでもなく有益です、賢くなって戯れを打ち捨てること、
子供たちに年相応の遊びを譲ること、
また、言葉を求めてはラテンの弦の調べに乗せようとせず、
真の人生の律動や調子を学修することは。
ですから私は自分と対話し、口には出さずに次のことを思い起こします。
どれほどたくさんの水もおまえの渇きを止められなかったら、
おまえは医者に話すだろう。では、たくさん儲ければ儲けるだけ
なおたくさん欲しくなることは、誰にも打ち明ける気にならないのか。
おまえが怪我したとき、木の根や草を処方されても。

150
症状が軽くならなければ、おまえはやめるだろう。その木の根や草の
手当に効果はないのだから。おまえが聞いた話では、誰かに
神々が財を授けたら、その人から消えるはずではないかね、ねじ曲がった
愚かさは。ところが、おまえは少しも賢くならない。とっくに
金持ちになっているのに、だ。それでも前と同じ忠告に従うのか。
だが、富がおまえを賢明にできて、
欲求と心配を減らせるとすれば、おまえはきっと赤面するはずだ。
この世に生きている人間におまえより強欲な者などいないのだから。
　人が天秤と銅貨で購入したもの[*26]が自分の私有物になるとしても、
法律家を信用するなら、使用によって所有権が生じるものもあります。
160
地所は食べさせてくれて初めてあなたの地所です。オルビウスの土地管理人は
耕地に鍬（くわ）を入れ、やがてあなたに穀物をもたらそうとするとき、
あなたが地主だと理解します。あなたがお金を払い、葡萄を受け取るからです。
鳥や卵や酒瓶もです。本当はきっと、あなたはそんなふうにして
少しずつ地所を買うのです。たぶん、三〇万セステルティウスか
それ以上の値段で買い上げた地所だったことでしょうが。
暮らしのための支払いが最近か少し前かで、どんな違いがあるでしょうか。

170

かつてアリーキアとウェーイイー[27]の田畑を買った人も
野菜を買って食事をし、そうとは思わぬまま、買った
薪で夜の寒さが近づく頃に鍋をあたためています。
でも、彼は言います。「ずっと自分の土地だ、ポプラの植樹が確固たる
境界となって近隣の悶着(もんちゃく)を閉め出したところは」。これではまるで
自身の所有物があるかのようですが、そんなものは移ろう時の一瞬、
時に懇願、時に支払い、時に暴力、ついには死によって
主人を替え、別の人間の権利下に入ってしまうのです。
このように、永久使用できる人は誰もいませんし、相続人には
また別の相続人が、ちょうど波に波が重なるように跡を襲うのですから、
地所や穀物倉が何の役に立つでしょうか。何になるでしょう、カラブリアの
森に隣接したルーカーニアの森が[28]。オルクス[29]は刈り取ってしまうのです、
壮大なものも卑小なものも一緒に。黄金で嘆願しても聞いてはくれません。

180

　宝石、大理石、象牙、エトルーリアの人形、絵画、
銀器、ガエトゥーリア[30]の紫貝で染めた衣裳、
これらをもたない人々もあり、もちたいとも思わない人々もあります。
二人の兄弟のうち、どうして一方はぶらぶら遊んで香油を身体に塗るのを

190

ヘーローデースの豊かな椰子の林[31]より好むのに、他方は
金持ちである上に、日の出から暮れ方まで時を選ばず、
炎と鉄具で雑木林の土地を切り開くのでしょう。
それを知るのは氏神、そばにいて、生まれつきの星まわりを司る神、
人間の本性の神です。でも、死すべき身で、ただ一人の
人間だけと命をともにし、顔色は白にも黒にも変化します。
私は使うものは使います。多くはない蓄えから必要なだけは
取り出します。私のことを相続人がどう考えるか心配もしません。
贈与した以上のものは見つからないのですから。ただ、そんな私でも
知りたいのは、率直で快活な人と放蕩者にどれだけの
差があるのか、倹約家が強欲な人とどれだけ違うのか、ということです。
実際、違うんです。あなたが大盤ぶるまいをするか、それとも、出費も
嫌って払わず、もっと儲けようと働くこともせずに、

200

むしろ、子供の頃クインクワートルース祭[32]の時にしたように、
束の間の楽しい時間を貪るように楽しむのか、では。
貧乏で薄汚れた家に用はありません。この私は、
船が大きくても小さくても、まったく同じ乗り方をします。

210

私は北からの追い風に帆を膨らませて走りはしません。
しかし、私が送る人生は南からの風に逆らいもせず、
体力、才能、容貌、徳性、地位、資財の点で、
第一人者の一団最後尾にして、最後尾の連中よりは前に立つでしょう。
　あなたは貪欲じゃない。なら、けっこう。では、もう他の欠点もその
欠点と一緒に消えましたか。あなたの胸にありませんか、空しい
野心は。ありませんか、死への恐れや怒りは。
夢、魔術の恐怖、奇跡、魔女、
夜陰の幽霊、テッサリアの怪奇、これらをあなたは笑えますか。
誕生日を数えるのがうれしいですか。友人たちを赦せますか。
老境が近づくにつれ、おだやかに、立派になれますか。
何の助けになるでしょう、たくさんある棘（とげ）の一本だけが抜けたって。
正しい生き方を知らないなら、心得のある人々に場所を譲りなさい。
あなたはもうたっぷり遊んだ。もうたっぷり食べて飲んだ。
今があなたの引き際（ぎわ）[33]だ。しこたま飲みすぎたところを、
やんちゃがもっと似合う若者に笑われ、押し退（の）けられてはいけません。

訳注

＊1　ユーリウス・フロールス。前二一年末か二〇年はじめにアルメニアに遠征したティベリウスに従う。第一巻第三歌の名宛人。

＊2　奴隷の値段として普通とする理解がある一方、他の例では安い場合で三〇〇（ペトローニウス『サテュリコン』六八）、五〇〇（『諷刺詩』二・七・四三）、高い場合で二万（マルティアーリス『エピグラム集』八・一三、一一・三八）、一〇万（同書一・五八、三・六二、一一・七〇）といった値段が知られる。

＊3　奴隷売買の場合、売り手は買い手に不利な情報を知っているかぎりすべて示す必要があったので、逃亡癖は承知の上、という条件で取引をもちかけている。

＊4　ルークッルス（一・六・四〇参照）は、前七四―六七年に対ミトリダーテース戦争を指揮した。この兵士の逸話について他に典拠はない。

＊5　勲章、冠、メダルなど武勇を顕彰する品。

＊6　アカデーモスは、ヘカデーモスとも呼ばれるアテーナイの英雄。テーセウスがヘレネーをさらったとき、彼女を探す兄弟ディオスクーロイに居場所を教えたという。その名にちなむ公園にプラトーンが学園アカデーメイアを開いた。

＊7　前四四年三月のユーリウス・カエサル暗殺後の騒乱。暗殺した共和派にホラーティウスは加わった。

＊8　前四二年にオクターウィアーヌス（のちのアウグストゥス）軍が共和派を破った戦場。

＊9　毒ニンジン（cicuta）は、多量摂取すると吐き気、めまいを起こし、ついには死にも至るが、少量なら鎮静効果があった。

＊10　『諷刺詩』二・一・七には、ホラーティウスが詩作をやめればいいのにやめられないことが「でも、私は眠れない」と表現されていた。

＊11　抒情詩は『カルミナ』、イアンボスは『エポーディー』（一・一九・二三参照）のような詩作。

＊12　ビオーンは、黒海北岸のギリシア都市出身の哲学者。前三一五年頃、アテーナイに移る。

＊13　大通りでの日夜の喧騒が詩作における凡庸陳腐なものと呼応するのに対し、「狭き轍」は創意工夫を必要とする困難な道程を表す。

＊14　護民官の改革で有名な（ティベリウスとガーイウスの）グラックス兄弟は弁論にも優れていた。ムーキウス・スカエウォラという名の卓越した法学者が三名知られている。

＊15　エレゲイア詩人としてはプロペルティウスが含意されていると考えられる。プロペルティウスは自身を「ローマのカッリマコス」（『詩集』四・一・六四）と呼んだ。

＊16　パラーティウムの丘のアポッロー神殿に図書館があったことを踏まえる（一・三・一七、二・一・二一六参照）。

＊17　剣闘士の一種。大きな長方形の盾と剣ないし槍をもち、前立てと羽根飾りのついた兜、左足に脛当て、肩当てで武装した。

＊18　一・一九・二九参照。

＊19　一・六・六五参照。

＊20　ローマでも最も神聖、清浄な場所。

＊21　マルクス・ポルキウス・カトー・ケンソーリウス（前二三四―一四九年。前一九五年の執政官。大カトー）は、監察官の時（前一八四年）の厳格な風紀取り締まりで有名である一方、卓抜した雄弁家であると同時に、完全な形で現存する作品は『農業論』のみだが、多様な分野での多産な著作で知られた。マルクス・コルネーリウス・ケテーグス（前一九六年没。前二〇四年の執政官）は、前二〇三年にハンニバルの兄弟マーゴーをイタリアから撃退する武勲をあげた一方、雄弁でも知られた。

＊22　サテュロスについては、一・一九・四参照。キュクロープスは一つ目の巨人。ここではいずれも、ある種のパントマイム劇の類型的登場人物として言及されている（後出二・三・二二〇以下参照）。

＊23　「自分の欠点が分かって悔しい思いをする」という含意。

＊24　予測が容易な危険についての格言的な表現（『諷刺詩』二・三・五五、本書二・三・四五七―四六〇参照）。

＊25　狂気を治す効果があるとされた薬草。

＊26　「正式売買（mancipium, mancipatio）」による購買品の意。その手続きは、成人ローマ市民から成る五人の証人と、もう一人の「天秤持ち（libripens）」と呼ばれる青銅の天秤をもつ者が立ち会って、正式売買により物件を入手する人間が「この者（ないし物）を私は私のものだと宣言する。これを私はこの銅貨と天秤によって買った」と言う。それから銅貨を天秤に投げ入れ、その銅貨を代金のごとく正式売買による物件入手先の人間に渡す（キケロー『義務について』三・六七参照）。

＊27　いずれもローマ近郊の町。

＊28　言及は牧羊に関するもの。羊は冬のあいだカラブリアの草原にいて、夏はルーカーニアの丘陵へ移動する。

＊29　冥府の神。

＊30　アフリカ北西部の地域。ここではアフリカと同義。

＊31　ヘーローデースは、新約聖書に登場するヘロデ王（属州ユダヤを前三九―四年に統治）のこと。ジェリコの町の近くにあった有名なナツメヤシ畑から大きな収入をあげた。

＊32　技芸の女神ミネルウァに捧げたローマの祝祭。三月一九日から二三日までの正祭と、六月一三日から一五日までの小祭があった。

＊33　ルクレーティウス『事物の本性について』三・九三八―九三九「なぜ人生の宴を満喫した会席者のように引き揚げないのか。愚か者よ、なぜ平然と安らかな静謐を受け入れないのか」。

第三歌　ピーソー家の人々宛［『詩論』］

［調和とこれを成し遂げることの困難[*1]］

画家が人間の頭を馬の首に
載せて多彩な羽根をつけたり、
いろいろな動物の身体を寄せ集めて、醜悪にも尻尾は
黒い魚、上半身は女の姿というようにしたら、
それを見せられて諸君は笑いをこらえられるだろうか。
いいかね、ピーソー家の諸氏[*2]よ、本だってまったくそんな絵の
ようになってしまうよ、病人の夢のようにつかみどころのない
情景が描かれて、足も頭も同じ一つの
身体をなしていないようならね。「画家と詩人には
等しく、いつでもどんなことへの挑戦も許されていた」。

10

20

そう理解して、私たちはこの特権を要求し、相互に享受し合ってもいる。
でも、だからといって、穏健なものと獰猛なものとの意気投合やら、
蛇と鳥、子山羊と虎のつがいやらを認めるわけではない。

荘重にたいそうな期待をもたせる始まりのあとでよく目にするのが
遠くまであでやかに光るような一、二枚の緋色(ひいろ)の当て布を
縫いつける類いのものだ。例えば、ディアーナ女神[*3]の聖林と祭壇、
美しき田園をめぐる速き流れの水、
あるいは、レーヌス川[*4]やら雨上がりの虹を描く類いだ。
だが、こんなものを描く場面ではなかったのだ。きっと糸杉なら
君にも描けるだろうが、それが無意味な場合がある。例えば、難破した船から
命からがら泳いで逃げる場面を注文された場合だ[*5]。両耳瓶の制作に
取りかかっていて、轆轤(ろくろ)がまわるうちにデキャンターが出来上がるわけがない。
要するに、何をするにも首尾一貫させないといけない。

ピーソー家の父君と父君自慢の子息たちよ、私たち詩人の大部分を
誑(たぶら)かすのが見かけだけの正しさだ。簡潔であろうと努力する。
すると曖昧になる。流麗さを追求する。すると気骨と
気勢が乏しくなる。荘重さを打ち出す。すると鼻持ちならない。

安全無事ばかりを考えて嵐を恐れる人は地面に這いつくばる。[*6]
30
同じ一つのことに途方もない変化をつけようと欲すると
イルカを森に、波の上に猪を描いたりする。
技術がないと失敗を避けようとして過ちを犯すことになる。
アエミリウスの稽古場近く、[*7]いちばん端っこの店の職人は青銅で爪を
造ったり、やわらかな髪の毛を模造したりはするだろう。
しかし、作品の出来は褒められない。全体を造ることを
知らないからだ。もし私が何かを著そうと心がけるなら、
そんなふうにはなりたくない。鼻がひん曲がったまま生きるのでは、
黒い瞳と黒い髪の美しさで人目を引いても仕方がないようなものだ。

訳注

＊1　以下、読者の便宜のために、一定のまとまりをなしていると思われるところに「見出し」をつけたが、もちろん元のテクストにはない。
＊2　紀元三世紀の注釈家ポルピュリオーによると、紀元一四年に都警長官を務めたルーキウス・カルプルニウス・ピーソーとその二人の息子であるという（後出二四参照）。
＊3　森と狩猟を司るローマの神格。月の女神ともされる（後出四五四参照）。
＊4　現在のライン川。

＊5　注文主は自分が助かった場面の絵を望んでいるので、死を象徴する糸杉を書き加えることは不釣り合いになる。
＊6　二・一・二五一では、『談論』について「地面を這いまわる」と言われていた。
＊7　アエミリウス・レピドゥスという人物が経営していた剣闘士学校。大競技場の近くにあったともいう。

40

〔詩人の力量〕

諸君、ものを書くなら力に釣り合った題材を選びたまえ。じっくり考えたまえ、何が重すぎて運べないか、諸君の両肩にどれだけ力があるか。力に合った主題を選べれば、筆致も明晰な構成も期待を裏切ることはない。構成の効果と魅力はどうして得られるだろう。私の勘違いでなければ、今語るのは、今言うべきことだけにする、たいていのことをその場では省いてあとまわしにすることによってだ。こっちを愛（め）でれば、そっちは捨てる、というのが期待を裏切らない詩人だ。

［言葉の結合］

言葉に言葉を継ぐ時に繊細で注意深く
卓越した言いまわしをするには、親しみのある言葉を巧みに
つなぎ合わせて新しい言葉にしてみせればよい。

［新語と古語］

たまたまやむをえず、
50 不分明な事柄を新語で表さなければならない場合なら、
古（いにしえ）のケテーグス家の人々[*1]が聞き及ばなかった言葉を造る
こともできるだろうが、それは節度ある範囲に限って許される。
また、目新しい、できたての造語に信用をもたせるには、
ギリシア語の源泉から引いて控えめな変化を加えればよい。このことを
ローマ人はカエキリウスとプラウトゥス[*2]には許したのだから、拒むはずがない、
ウェルギリウスとウァリウス[*3]に対して。私にわずかの言葉を作り出す

力があるとして、なぜ私が嫌われるだろうか。カトーやエンニウスの言葉[*4]は
祖国の言語を豊かにし、さまざまな事物にそれまでになかった
名称を考え出した。これまでも許されてきたし、これからもずっと許されるはずだ、
現代の印章を捺した名称を世に出すことは。
　ちょうど森が一年の終わりに向かって葉を変え、　60
古い葉から落ちるように、言葉も年を経たものから廃れる。
生まれ出たばかりの言葉は青年のように栄え、活気づく。
私たち自身も、私たちのものも死を逃れえない。海神ネプトゥーヌスが
陸に招かれて船団を北風の軍団から保護することはあろう。
それは王の御業だ。長いあいだ櫂で漕ぎ入れるしかなかった不毛の沼地に
近隣の町々を養うべく重い鍬が入ることはあろう。
川が穀物に被害をなす流路を変え、
よりよき河筋を学ぶことはあろう。それでも、人の事績は滅び去るもの。
まして、言葉の誉れや流行りがいつまでも生き続けることはない。
すでに廃れた言葉の多くが再生するだろうし、いつか廃れるはずだ、　70
いまもてはやされている言葉も。それは世の慣いのままであり、
言葉を使う裁量と法と規範はそこに委ねられている。

訳注

＊1　二・二・一一七に言及されるケテーグスを主に念頭に置いた表現。
＊2　いずれも前三世紀末から二世紀前半に活躍した喜劇詩人（二・一・五八―五九参照）。ギリシア新喜劇の翻案によって劇作を行った。
＊3　両叙事詩人については、二・一・二四七参照。昔の喜劇に許された手法が今の叙事詩に許されないはずがない、という主張。
＊4　カトーについては二・二・一一七、エンニウスについては一・一九・七、二・一・五〇参照。

［ジャンルによる韻律］

　王や将軍たちの偉業や悲惨な戦争を
綴ることは、どんな韻律を用いれば可能か、ホメーロスが示している。[＊1]
不揃いの二行一対[＊2]によっては、最初は嘆きの歌が、
またのちには祈願成就の感慨が歌い込まれた。
しかし、誰が狭小なエレゲイア詩を生み出した創始者か、
文法家のあいだに論争があり、いまだに係争中だ。
アルキロコスはみずからの手になるイアンボスを自身の憤怒の武器とした。[＊3]

80

この韻脚を喜劇のサンダルと荘重な悲劇の長靴[*4]が取り入れた。
対話にふさわしく、聴衆の
喧騒にも負けず、舞台の所作になじんだからだ。
ムーサは竪琴の調べに乗せて神々と神々の子ら、
拳闘の勝利者、優勝した馬、
若者の憂い、自由なる酒を語らせた。
ここに記したジャンルによる彩り（いろどり）の違いを使い分ける
力も知識も私にないとすれば、どうして私に詩人としての面目があろうか。
どうして私が歪んだ廉恥心のために習得より無知のほうを選ぶだろうか。
　喜劇の題材は悲劇の詩行によって表現されるのを嫌う。

90

同様に間尺に合わないのだ、普段着でほとんどサンダル履きに
ふさわしい科白（せりふ）まわしでテュエステース[*5]の宴（うたげ）を語ることは。
みなそれぞれの役割にふさわしい出番が守られねばならない。
とはいえ、喜劇でも時には声を高めることもあり、
怒れるクレメース[*6]は激しい調子で叱咤する。
悲劇でも、散文調の科白で悲しみを表すことがよくある。
例えば、テーレポスとペーレウス[*7]だ。どちらも貧しい流浪の身の時は

大仰な言葉や長々しい語句は捨てる。
そうして嘆きが聴衆の琴線に触れるように配慮する。

訳注

＊1　ホメーロスの叙事詩は、ヘクサメトロス（長短短格六脚韻）で綴られている。
＊2　ヘクサメトロスとペンタメトロス（長短短格五脚韻）を交互に繰り返すエレゲイア詩形のこと。なお、次々行で「狭小な」と言われるのは、ヘクサメトロスによる英雄叙事詩が荘重な題材を長大な規模で綴るのに対して、「小さな」詩題を小規模な詩篇に歌ったことを指す。
＊3　アルキロコスの「痛罵」の詩については、二・一九・二五参照。イアンボスについては、後出二五一以下参照。
＊4　二・一・一七四参照。
＊5　「サンダル履き」は喜劇を表す（前出八〇参照）。テュエステースは、息子らを実兄アトレウスに殺された仇を、アトレウスの子を料理して彼に食べさせることで果たしたとされるギリシア神話の登場人物。ここでは悲劇の題材を表している。
＊6　ギリシア新喜劇の類型的役柄の一つである「（放蕩息子を叱りつける）厳格な父親」によく用いられる名前。
＊7　テーレポスは、ヘーラクレースの息子でミューシア王。トロイア戦争の時にトロイアに味方して戦い、アキレウスの槍で傷ついたが、その傷は同じ槍の錆で治癒した。エウリーピデースの悲劇の題材となった。ペーレウスは、異母弟であるポーコスを殺したために故国アイギーナから追放された。

［情感と性格］

100

詩は美しいだけでは十分ではない。心を魅了し、
意図したとおりに聴衆の心を導けるものでなければならない。
笑っている人から笑いが移り、泣いている人がいるともらい泣きするのが
人間の表情だ。君が私に泣いてほしいなら、悲しむのは
君自身が先だ。そうすれば、君の不幸に私も心を痛める。
テーレポスであれ、ペーレウスであれ、もし不似合いなことを言ったら、
私は眠り込むか笑い出すかする。悲しげな言葉は悲嘆に暮れる
表情に似つかわしく、威嚇に満ちた言葉は怒（いか）った表情に、
ふざけた言葉は戯れの表情に、厳粛な言葉は厳めしい表情に似合う。
私たちは生まれつき、まず心の内側から反応を形成する。どんな

110

状況に対してもそうだ。喜び、怒りに駆られ、
激しい悲しみに地に伏して悶（もだ）える。
次に、言葉を介して心の動きが外に現れる。
話している人物の言葉が状況にそぐわないものなら、

ローマの騎士も歩兵もげらげら笑うだろう。
　語るのが神であるか英雄であるかによっても、大きな違いが生じる。
成熟した年配者か、まだ花咲く青春に
たぎり立つ者か、格の高い家の奥方か、こまめな乳母か、
旅まわりの商人か、緑なす畑を耕す者か、
コルキス人[*1]かアッシュリア人か、テーバイ育ちかアルゴス育ちかで違う。

訳注

＊1　コルキスは、黒海東岸の国でメーデイア（後出一二三）の故郷。

［題材の選択――役柄］

　伝承に従いたまえ。そうでなければ、首尾一貫した話を作りたまえ。
君が劇作家になって誉れ高きアキレウスを舞台に上げることになったら、　120
アキレウスは俊敏で怒りっぽく、情け容赦なく、苛烈で、
自分が従うべき掟（おきて）はないと主張して、何事も武器にかけて争う者とすることだ。
メーデイア[*1]なら猛々（たけだけ）しく屈することを知らず、イーノー[*2]なら涙もろくし、

イクシーオーン[*3]は嘘つき、イーオー[*4]はさすらい者、オレステース[*5]は陰鬱にする。
これまでに演じられたためしのないものを舞台に上げ、
かつてない役柄を作ろうと挑戦するなら、最後まで貫くことだ、
最初に登場したとおりの役柄のままで。食い違いがあってはならない。

訳注

＊1　コルキスの王女で、黄金の羊毛皮を求めて来た英雄イアーソーンを黒魔術で助けた。彼に従ってギリシアに渡るが、彼とコリントス王女との結婚に耐えられず、彼とのあいだの二人の子を殺すことで復讐した。

＊2　テーバイ創建の英雄カドモスの娘で、夫アタマースが狂気に憑かれて二人の子供のうちの一人を八つ裂きにしたとき、残る子供とともに海の神格に変じた。

＊3　神々の女王ヘーラーをかどわかそうとしたことから、冥界で回転する輪に張りつけられる劫罰を受ける。

＊4　川神イーナコスの娘で、情事を隠そうとしたゼウスによって牛に変身させられたあと、世界中を放浪し、最後にはエジプトでイーシス神となった。

＊5　ミュケーナイ王アガメムノーンの息子。父を謀殺した母クリュタイメーストラーに対して父の仇討ちを果たしたが、そのために復讐女神が吹き込んだ狂気に苦しめられた。

［題材、取り上げ方、統一的構成］

誰もが取り上げる題材に個性をもたせて語るのは難しい。君も、
イーリオンの歌を劇に仕立てるほうが正しいやり方だ。
最初から誰も知らず、語られたことのない題材を世に出すよりよい。
ありふれた題材でも独創性をもたせることはできる。それには、
安っぽく月並みな言いまわしばかりにならなければよい。 130
一語一語にこだわる、ただただ忠実な
訳者、物真似屋に堕して汲々としなければよい。
そうなったら、廉恥心と作品の定法に縛られて一歩も進めなくなる。
また、その昔に叙事詩の環(わ)[*1]の詩人がしたような始め方はいけない。
「プリアモスの運命と名高き戦争を私は歌おう」。
こんな約束をして、そんな大言に見合うことがどうしてできるだろうか。
山々が陣痛を起こし、生まれるのは滑稽至極な鼠、ということになる。
力の及ばぬことは何一つしない人のほうがよほどまさっている。 140
「ムーサよ、われに語れ、トロイア陥落ののち、

多くの人々の慣いと町々とを目にした勇士のことを」[*2]。
このような人は、輝きのあとに煙ではなく、煙のあとに光を生むことを
考え、そこから目を見張る驚異の情景を描き出そうとする。
アンティパテースやスキュッラ、キュクロープスやカリュブディスなど[*3]だ。
ディオメーデースの帰還をメレアグロスの死から始めず[*4]、
トロイア戦争を双子の卵から始める[*5]ことをしない。
常に結末へと急ぎ、出来事の核心へ、
あたかも聴衆には周知であるかのように連れていく。
取り上げても輝きを放つ希望のないものは捨ておき、
嘘もつく。巧みに真実に偽りを融合させては、
冒頭が中盤と、中盤が結びと食い違わないようにする。

150

訳注

＊1　ホメーロスの叙事詩に比べて陳腐とされた英雄叙事詩群。
＊2　ホメーロス『オデュッセイア』冒頭三行をほぼそのままラテン語に移したもの。
＊3　いずれも、ホメーロス『オデュッセイア』に登場し、英雄オデュッセウスの帰国の障害をなしたもの。アンティパテースは、巨人の食人族ライストリューゴネス人の王。スキュッラとカリュブディスは、現在のメッシーナ海峡に棲んで船を襲うとされた怪物。キュクロープスは、一つ目の巨人。

＊4　ディオメーデースはトロイアで戦ったギリシア軍の主要な英雄の一人。その父はテューデウスで、テューデウスはメレアグロスと異母兄弟。ディオメーデースのトロイアからの帰還を父の時代から長々と語ることを言ったもの。

＊5　白鳥に化けたゼウスとのあいだにスパルタ王妃レーダーが生んだ美女ヘレネーがトロイア戦争の原因になったことを踏まえる。ある伝承では、レーダーは二つの卵を生み、その一つからヘレネーとクリュタイメーストラーが、もう一つからポリュデウケースとカストールが生まれたという。

〔役柄の真実味〕

君に言っておく、私も世間も欲していることだから聞くがいい。
観客に幕が下りるまで立たずにいてほしいかね。ずっと
席に座って座長が「みなさん、拍手喝采を」と言うまで待ってほしいかね。
それなら、それぞれの人物の年齢による性格の違いに注意すべきだ。
年齢による変化に見合った性質を賦与すべきだ。
子供でも言葉を発して確かな足どりを
大地に刻むようになれば、同じ年頃の子と遊びたいと思う。訳もなく腹を
160　立てたり機嫌を直したりと、時とともに変わる。
まだ髭の生えない青年なら、ようやく目付け役の手を離れた頃、

170

馬や犬、日当たりのよいマールスの馬場の草を喜ぶ。
鑞（ろう）のように悪徳にはまりやすく、説教する人々に歯向かい、
役に立つことをなかなか先読みできず、金遣いが荒く、
意気軒昂、熱情的、いったん好きになったものを捨てるのも早い。
成年男子となれば、情熱を注ぐ対象も変わってくる。
富や友情を求め、栄誉のために身を粉にする。
手を出す前に注意し、あとから苦労して改めずともよいようにする。
老人のまわりは悩ましいことばかり多い。なぜといって、
財を求め、財を蓄えると憐れにも手を出しかねて使うのを恐れるからだ。
さもなくば、どんな事柄にも小心で熱意のない対処をするために、
事を遅らせ、希望をひきずり、無能で、将来を恐れ[*1]、
気難しく、不平たらたら、褒めるとすれば昔の
自分が子供だった頃で、若者には叱ってばかり。
来たるべき歳月は多くの幸せを携えてくるが、
去りゆく歳月は多くの幸せを持ち去る。老人の役割を
青年に割り当てたり、子供に成年の役割を割り当てることのないよう、
いつも年齢に違（たが）わぬふさわしさを保たねばならない。

訳注

＊1　修正提案（pavidus）に従う。写本の読みは「切望し（avidus）」。

180

［舞台演出］

舞台上では出来事を所作で演じるか報告するかのいずれかだ。
耳を通じてもたらされたものは心に響く度合いが鈍（にぶ）い。
それよりも目の前に見たとおりのもの、
観客自身が得心できるものがまさる。それでも、舞台裏に
ふさわしいものを舞台上に持ち出すことはない。目の前で演じず、
雄弁によってありありと語らせるとよい場合がたくさんある。
メーデイアが子供たちを殺す場面[＊1]は人々の面前ですべきではない。
非道なアトレウスが人間の内臓を料理する場面、[＊2]
プロクネーが鳥に、[＊3]カドモスが蛇に姿を変える場面[＊4]も同様だ。
何であれ、このようなものを見せられれば、不信感と嫌悪を覚える。

訳注

＊1　前出一二三参照。
＊2　アトレウスは弟テュエステースの子供らを殺し、その肉をテュエステースに食べさせた（前出九一参照）。
＊3　プロクネーは、自分を裏切って妹ピロメーラーを凌辱した夫テーレウスに復讐するため、息子イテュスを殺し、その肉を夫に食べさせたあと、夫から逃れる時に燕に変身した。
＊4　テーバイを創建したカドモスは、老いてのち妻ハルモニアとともに蛇に変身した。

190

［劇作作法］

五幕より短くても長くてもいけないのが
芝居だ。そうでなければ再度の上演を求められて舞台に乗ることはない。
神が介入するのは、裁定者の登場にふさわしい紛糾が
生じた時だけにしよう。わざわざ四番目の役者が科白（せりふ）を言う必要はない。[*1]
合唱隊には俳優の役割と義務をしっかりと
守らせよう。幕と幕のあいだに歌うどんなことも
筋に即して、しっくり噛み合うようにしよう。
合唱隊には善玉に味方して好意ある助言をさせよう。

怒れる人々を制し、罪を犯すことを恐れる人々を愛させよう。
合唱隊の賞賛は、質素な食卓の宴(うたげ)、健全な
正義、法律と門戸を開け放した平和へ向けさせよう。
合唱隊には打ち明けられた秘密を守らせよう。[*2] 神々に祈願させよう、　200
幸運が憐れな人々に戻り、高ぶる人々から離れるように、と。

訳注

*1　ギリシア悲劇は三人の役者で演じられた。ローマ悲劇についての詳細は不明。

*2　合唱隊は劇の始まりから終わりまで退場しないので、舞台上で登場人物が語るどのようなことも聞くことになる。

［劇の音楽］

笛はその昔、今のように真鍮(しんちゅう)でつなぎ合わされてもおらず、喇叭(ラッパ)と
競い合う間柄でもなかった。細く簡素なもので、塞(ふさ)ぎ穴も少なかった。
それでも合唱隊の伴奏に有用で、
吹奏の音を、まだあまり混み合うことのなかった客席に満たした。

210

まったく、その頃は集まる人が少ないので数えることもできたが、
善良で貞淑で慎み深い国民が会した。
だが、やがて戦勝によって領地が拡大し、町々が
より広い城壁に囲い込まれた。昼から酒を呑みながら
祝祭を催して氏神[*1]を鎮めても罰があたらなくなった。
それからは、拍子も音調もより大きな自由を得た。
実際、無学な輩が何を解しうるというのか。労働から解放された
田舎者が都会人と、下劣が上品と入り混じった連中なのだ。
こうして昔ながらの技術に所作と華やかさを加えた
笛吹きは、衣裳の裾を引きずりながら舞台の上を動きまわるようになった。
そうしてまた、厳かな竪琴も音が大きくなって、
それまでになかった節まわしによって怒濤の語り口となった。
有用なるものを弁別し、未来を占う
口説はデルポイの神託とも異ならなかった。[*2]

訳注

*1　人それぞれにつく守り神。「氏神を鎮める」は「思いのままに楽しむ」という意味。

＊2　デルポイの神託が曖昧模糊としていたように、意味が判じ難かった、という含意。

［サテュロス劇[*1]］

220
悲劇の調べによって安っぽい山羊を目当てに競った詩人[*2]は、
すぐまた野住まいのサテュロスたちを裸にした。荒っぽくも、
荘重さはそのままに、滑稽さに挑んだ。それというのも、
犠牲式を済ませたあとの観客は、酒が入って抑制をなくしていたからだ。
興趣と珍奇なものの楽しみしか場をもたせる策はなかった。
しかし、笑い好きでひょうきん者の当たり役に
サテュロスを立て、真面目から戯れに転じるのは理にかなっていても、
誰であれ神や英雄を登場させるなら、
ついさっき王の印の黄金と緋をまとった姿を見せたのに、
230
俗な言葉をしゃべりながら、みすぼらしい小屋に入ったり、
地べたを避けるあまり雲間の虚空（こくう）につかみかかったりしてはならない。
悲劇は浮わついた詩行を口にするのを嫌うので、
ちょうど祝祭の日に踊ることを求められた主婦のように、

240

淫らなサテュロスたちの仲間に入るとき、いささか恥ずかしげだ。
私なら、ピーソー家の諸氏よ、飾らず直截な名称と言葉のみを
好んでサテュロス劇を書いたりはしない。
悲劇の文飾から離れようと努めもしない。そんなことをすれば、
誰がしゃべっても違いがなくなってしまう。ダーウスであれ、鉄面皮の
ピューティアス――シモーから一タレントゥムせしめたやつだ――であれ、[*3]
サテュロス神を育てた守役の神シーレーノスであれ、[*4]だ。
私は周知のところから詩作にかかる。だが、誰であれ
同じことを望んでも大汗をかくだけになるだろう。徒労に終わるだろう、
同じ挑戦をしても。言葉の連接と配置に大きな力があるために、
常套句からとったものも大きな栄誉に浴する。
私が思うに、森から連れ出したファウヌス[*5]にご法度とすべきは、
あたかも三つ辻に生まれて中央広場に住む者のように、
柔弱にもほどがある歌を歌って若者ぶることや、
粗野で恥知らずの言葉を吐くことだ。
そんなことは騎士や元老院議員や財産家の機嫌を損じるだけだ。
焼き豆や団栗を買う輩がひょっとして褒めることがあっても、

250

この人たちは好意的に受け入れないし、賞も贈らない。

訳注

＊1　悲劇と同じ形式をとりながら、滑稽さや卑俗さを盛り込んだもので、バッコス神の取り巻きであるサテュロス（一・一九・四参照）たちが合唱隊を務める。

＊2　悲劇（tragoidia）という名称が演劇祭の賞品とされた山羊（tragos）にちなむ、という見方を踏まえた表現。

＊3　ダーウス、ピューティアス、シモーは、いずれも喜劇の類型的登場人物（それぞれ男の奴隷、女の奴隷、一家の主人）の名。

＊4　サテュロスたちの頭目格の老神。

＊5　本来はローマの牧神で、ギリシアのパーンと同一視されることが多いが、ここではサテュロスと同義で用いられている。

［劇におけるイアンボス］

短音節の次に長音節が続く韻脚をイアンボスと呼ぶ。[*1]
足の速い韻脚だ。そのため、つけられた名前は三脚韻の
イアンボスだが、実際に刻むのは六拍で、
最初から最後まで同じだ。まださほど遠くない昔に、

260

いくぶんゆったりと荘重に耳に響くようにと
着実な足どりのスポンデイオスを伝来の領域に迎えた。
イアンボスは愛想よく寛容だからだ。ただ、スポンデイオスが第二韻脚と
第四韻脚に座ることを許すほど友誼（ゆうぎ）第一ではなかった。[*2] アッキウスの[*3]
高貴な三脚韻にスポンデイオスは稀にしか現れない。エンニウスが[*4]
舞台に乗せた重荷を引きずるかのような詩行は
あまりに拙速で不注意、
技術の心得がない恥知らずだと非難される。

訳注

＊1　イアンボスは短音節一つのあとに長音節一つが続く組み合わせの韻律で、長音節に強拍が置かれる。ただし、通常、短長を二つ重ねて（つまり短長短長の形で）一つの韻脚として数え、その韻脚を三つ連ねて一行とする韻律（「三脚韻」と呼ばれる）が劇の対話部分で用いられる。「三脚韻」は短長の連続を六つ含み、したがって六拍を刻むことになる。

＊2　スポンデイオスは、長音節が二つ続く組み合わせの韻律。したがって、イアンボスの短音節を長音節に置き換えれば、スポンデイオスになる。この置き換えが、三脚韻では、六つあるイアンボスの二番目と四番目以外については許容されたが、二番目と四番目は必ずイアンボスでなければならなかった。軽快なイアンボスに対して、スポンデイオスは重い印象を与える。

＊3　二・一・五六参照。

＊4　一・一九・七参照。

［ギリシアに劇の手本を学ぶ必要］

批評家の誰もが調子外れの詩を見分けられるわけではない。
また、ローマの詩人たちには不相応な自由が与えられていた。
だからといって私は漫然と勝手な詩作をするだろうか。それとも、誰もが
私の過ちに気づくはずだと考え、安全第一に許容範囲を
守るように用心するだろうか。それでは結局、過ちは避けても
賞賛には値しなかったろう。諸君はギリシアの手本を
夜となく昼となく手にとることだ。

270

しかるに諸君の祖先はプラウトゥス[*1]の韻律も
機知も賞賛した。寛容にもほどがある。この両方を
賛嘆したのだから。愚かとは言わないまでも、私も諸君も
田舎者の口調と優雅な言いまわしを区別する術を知り、
指と耳で正統の調べを見分けられるかぎり、そう思わざるをえない。

訳注

*1　二・一・五八参照。

280

［ギリシア演劇の概観］

　それまで知られていなかった悲劇のジャンルを創始し、それを車に運んで演じたのはテスピス[*1]だと言われている。このとき役者は顔にワインの搾り滓を塗って歌い演じた。彼のあとに仮面と見事な悲劇の衣裳を考案したのがアイスキュロスだ[*2]。こぢんまりとした板張りの舞台をしつらえ、壮大な科白を語り、長靴を履くことを教えた。彼らのあとを古喜劇[*3]が継いだ。これも大いに賞賛された。だが、自由奔放さが目にあまるほどの乱暴さに堕し、法律による取り締まりが必要とされた。法律が遵守されると、合唱隊は面目なく押し黙った。ひとをけなす権利を取り上げられたからだ。

訳注

＊1　二・一・一六三参照。「車」については、悲劇が上演されたディオニューシア祭において、人々が山車に乗って行列しながら下品な冗談を言ったことが知られるが、テスピスとの関連を示す典拠はない。
＊2　二・一・一六三参照。
＊3　一・一九・一参照。

［ローマ演劇――その成功と短所］

　わが国の詩人たちが試みぬまま残したものはない。
また、決して小さからぬ誉れを得たのは、ギリシアの轍から
あえて離れ、わが国の事績を称えようと企てた時だ。
それはプラエテクスタ劇[＊1]の詩人でもトガータ劇の詩人でも変わらない。
武勇や輝かしい武具に劣らず、大いなる力を
ラティウムの文学が発揮できたとすれば、それは一人一人の詩人が　290
推敲の労と手間を厭（いと）わなかったからだ。
ポンピリウス王の血[＊2]を引く者よ、非難すべきはどんな歌か。それは
長時日、何度も修正を加えて練り上げることをしなかった歌だ。
よく切った爪をあてる推敲[＊3]を一〇回は重ねていないといけないのだ。

訳注

*1　プラエテクスタ劇は、ローマの歴史に取材した悲劇。高位官職者の衣服であるトガ・プラエテクスタにちなむ名称。トガータ劇については、二・一・五七および同所の訳注*14参照。

*2　ローマ第二代の王ヌマ・ポンピリウス。初代の王ロームルスが武勇に優れていたのに対し、平和な法治を布いたとされる。

*3　彫刻家が彫刻の継ぎ目によく切った爪をあて、十分になめらかであるか調べたことに由来する表現。

［狂気の詩人と正気の批評家］

　天賦の才はみじめな技術より幸運な賜物だと
信じ、ヘリコーン山から正気の詩人を閉め出したのは
デーモクリトス[*1]だった。このため、かなりの詩人が爪の手入れをしない。
髭もいじらず、人里離れた場所を求め、風呂を嫌う。
詩人としての評価と名声を手に入れようとするなら、
三本のアンティキュラー[*2]でも正気に戻せぬ頭を決して　300
床屋のリキヌス[*3]にまかせなければよい、というわけだ。私は何というへそ曲がり[*4]だ、
春到来だと言って気の鬱(ふさ)ぎを払拭しようとは。

そんなことをしなければ、私より上手な詩を作れる者はいなかったのに。だが、
それは大したことではない。それなら私は砥石の役目を果たそう。
それ自体に切る力はないが、鉄を鋭く研ぐことができる。
私は自分が何も書かずとも、詩人が果たすべき務めを教えよう。
どこから題材を用意すべきか、何が詩人を育て、作り上げるか、
何が詩人に適し、何が適さないか、詩の真価、詩の誤謬がどこへ至るかを。

訳注

＊1　一・一二・一二参照。『詩作について』と題する著作があり、「詩人が霊感と神気を得て著すものは美しい」という断片（『ソークラテース以前哲学者断片集』「デーモクリトス」B一八）が伝わる。

＊2　アンティキュラーは、ポーキス地方、コリントス湾に面する町で、狂気を治すとされたヘッレボロス（二・二・一三七参照）を産したことで知られるため、ここではヘッレボロスそのものと同義。

＊3　詳細不明。

＊4　「へそ曲がり」と訳した原語の本義は「左の」。「右」が「素直」、「吉」であるのに対し、「左」は「奇」、「不吉」を含意する。ただし、「左」はギリシアでは常に凶兆だが、ローマでは吉兆となる場合もある。

［義務と性格］

立派な著作の第一歩と源泉は知識にある。
素材はソークラテース派の書物が示してくれるだろうし、
素材が手当てできれば言葉はひとりでについてくるだろう。
学ぶべきは、祖国や友人たちのために何をすべきか、
いかなる愛をもって親兄弟、客人を愛すべきか、
元老院議員や裁判官の義務は何か、いかなる　310
役割を戦地に送られた指揮官はなすべきか、だ。学べば必ずや
登場人物それぞれに似つかわしい性格を割り当てる術を得る。
目を凝らして人生と世の中を見ることだ。これを手本に、
そこから生きた声を引き出し、学知ある模倣者となることだ。
時として見栄えのする場面があり、人物描写に優れた
芝居は、優雅さに欠け、力強さと技術がなくても、　320
観客を喜ばせ、劇場に引きとめる。
内容のない詩行や甲高いばかりの冗句よりもはるかにまさる。

〔栄光を目指したギリシア人、富を求めたローマ人〕

ギリシア人は天賦の才と、彫琢された言葉で語る力を
ムーサから授けられた。彼らはただ栄光のみに貪欲だった。
ローマの少年たちは長々しい計算をして一アス[*1]を
1／100に分けることを学ぶ。「答えてみたまえ、
アルビーニウスの息子よ。5／12から引くことの
一ウンキア（1／12）では、いくら残るか。できたかな」。「1／3です」。「よし。
これで君の財産を管理できる。それに一ウンキア加わった。いくら？」
「1／2です」。あるいは、こんなわずかな儲けに対する害毒と執着が心に
染み込んでしまっていて、私たちの作る詩に希望がもてるだろうか。
杉油を塗り、なめらかな糸杉の箱にしまうに値する詩ができるだろうか。

330

訳注

＊1　アスは銅貨の重量単位で三五〇グラム弱。ウンキアはその一二分の一。

340

［詩人は公益に資するか心を楽しませるかを望む］

詩人の望みはひとの役に立つか、ひとを喜ばすか、
あるいは、人生を楽しくすると同時に人生に益することを語ること。
どんな忠告をするにも、短いのがよい。手短かに言われたことは
素直に心に受け入れられ、忠実に守られるから。
冗長な言葉はすべて心から溢れてこぼれてしまう。
娯楽のために創作されたものは真実に近づけるべきだ。
何を上演するにも、芝居が真実だと思ってもらう必要はない。
だが、食後のラミア[*1]の胃袋から生きた少年が出てくるのはいけない。
老人仲間は役に立たない詩を退け、
誇り高い成年たちは厳（いか）めしい詩の前を通り過ぎる。
満票を勝ちとったのは、有益なことに喜ばしいことを混ぜた者、
読者に喜びと教訓の両方を等しく与えた者だ。
このような本がソシウス書店[*2]に金をもたらし、このような本が海を越え、
作者の名声を長く後世に伝える。

訳注
*1 リビュアの女王で、子供をすべてヘーラーに殺されたあと、他の子供たちを食べる鬼になった。
*2 一・二〇・二参照。

［許容の限界］

しかし、欠点の中には赦してやりたいと思うものもある。

というのも、弦が響かせる音も、手と心が意図したのとは違い、

低い音を出したいのに高い音になることがよくある。

弓も狙いをつけたところを常に射抜くわけではない。

詩の場合も、光るところが多いなら、私は少々の

傷をとやかく言わない。それらはついうっかり手がすべったか、

人間の本性ゆえに避けられなかったのだから。では、どうすればよいか。

写字生が同じ誤りを続けたとしよう。

どれほど注意されても、直らなければ、許されない。琴弾きの場合、

いつも同じ弦で調子を外せば笑われる。

360

同様に、何度も躓(つまず)く詩人がかのコイリロス[*1]のようになる。彼が二、三度でも成功すれば私は笑い出して驚嘆する。同じ憤慨を、立派なホメーロスが居眠りする時にも私は覚えるが、長大な作品であれば、眠りが入り込むことも許される。

訳注

＊1　二・一・二三三以下参照。

[詩と絵画]

詩は絵と似ている。近づいて立った時のほうが
心を捉えるものもあれば、離れて見た時のほうがよいものもある。
暗い場所を好む絵もあれば、明るい光のもとで見られることを欲し、
批評家の鋭い鑑識眼を恐れぬ絵もある。
一度で気に入った絵もあれば、重ねて一〇度見たあとで気に入る絵もある。

370

［詩人に求められる資質］

ピーソー兄よ、君は父君の言葉によって
正しき道を進むよう躾(しつ)けられ、分別を身にそなえているが、この言葉を
胸に刻んでもらいたい。限られたことだけだ、月並みの及第点でも
立派に認められるのは。平凡な法律家や演説家の場合、
凡庸で、雄弁の力は
メッサッラ[*1]に及ばず、アウルス・カスケッリウス[*2]の知識がないとしても、
それでも、それなりの価値がある。だが、詩人の場合、平凡であれば、
人々にも神々にも本屋にも認められたためしはない。
例えば、楽しい宴(うたげ)の席で息の合わない合奏や
塗りすぎた香油やサルディニアの蜂蜜を混ぜた芥子(けし)の実[*3]は
気分を悪くする。こんなものがなくても宴を張ることはできたからだ。
同様に、詩は心を楽しませるために生まれ、作り出されたのだから、
少しでも最高のところから落ちてしまうと、いちばん底まで沈んでしまう。
競技する術を知らない者は競技場の道具には手を出さない。

380
ボールや円盤や輪の技術のない者は静かにしていて、
ぎっしりと囲んだ人の輪から手加減なしの失笑を買わないようにする。
ところが詩は、知らない人も挑戦する。しない理由があろうか。
自由人として立派な家柄、とりわけ騎士階級の
年収があり、どこを見ても欠点などない人間なのだから。
　しかし、ミネルウァの意向に反して語れること[*4]、やれることはない。
君もそう弁え、よく分かっている。それでも、そのうちに何か
書いたなら、それを批評家マエキウス[*5]の耳に入れたまえ。
父上と私にも聞かせてから、九年はしまっておくことだ。
お蔵入りにするんだ。破棄できるのは
まだ公刊しないうちだけ、一度発せられた言葉は戻る術を知らない。[*6]
390

訳注

＊1　マルクス・ウァレリウス・メッサッラ・コルウィーヌス（前六四―紀元八年）。軍人、弁論家、文人として知られ、前三一年には執政官としてアクティウムの海戦でオクターウィアーヌスとともに戦った。
＊2　前一〇四年生まれの著名な法律家。
＊3　炒った芥子の実に蜂蜜をかけたものは好まれた菓子だが、サルディニアの蜂蜜は粗悪な味と言われた。

＊4　「生まれつきの素質に反して」の意味。ミネルウァが知恵や技芸を司る女神であることに基づく表現。
＊5　スプーリウス・マエキウス・タルパ。前五五年、ポンペイウス劇場のこけら落としに上演する劇の選定を行ったとされ（キケロー『縁者・友人宛書簡集』七・一・一）、『諷刺詩』一・一〇・三八でも批評家として言及される。
＊6　一・一八・七一参照。

［詩人の気高さ］

人々がまだ森に棲んでいたとき、神聖なる神々の予言者である
オルペウス[＊1]が彼らに殺戮と汚らわしい生活をやめさせた。
そのためオルペウスは虎や荒れ狂う獅子を手なずけたと言われる。
テーバイの都を築いたアンピーオーン[＊2]も
岩石を竪琴の調べによって動かし、うっとりする祈りによって
望みのところへ運んだと言われる。かつてはこれが知恵であった。
これによって公のものを私のものから、神聖なものを俗なものから分け、
場所を選ばぬ野合を禁じて夫婦の法を定め、
400　町々を建設し、法律を木板に刻んだ。
かくして、栄誉と名声が神聖なる詩人たちと

歌に与えられた。彼らのあと、名高きホメーロスと
テュルタイオス[*3]が男子の魂を軍神マールスの司る戦争へと
詩歌によって駆り立てた。歌に込めて神託が告げられ、
人生の航路が示された。王侯の好意が
ムーサ女神の調べによって乞われ、祝祭が始められ、
長い労苦に終わりを告げるものとなった。少しも恥じる必要はない、
竪琴の巧みな女神ムーサや詩神アポッローのことを。

訳注

＊1　ギリシア神話の詩聖。その歌は心に働きかけて、動物にとどまらず、植物までも動かすことができたという。

＊2　一・一八・四一参照。

＊3　前七世紀に活躍した詩人。メッセーニア人との戦争でスパルタ人の士気を鼓舞する詩を書いた。『カルミナ』三・二・一三「祖国のために死ぬことは心うれしき誉れ」は、テュルタイオスの断片一〇・一―二を踏まえる。

［詩人の技術を支える才能と鍛錬］

　賞賛に値する詩を作るのは生まれながらの素質か技術か
問題になる。私自身は、努力しても豊かな才能が脈打っていなければ、
また、天才も磨かなければ、何の力もないと思う。どちらもともに
互いの助けを必要とし、手を取り合って連携する。
競走において決勝点への到達を望んで努力する者は
少年の頃から多くを耐え、多くをなし、汗を流し、凍え、
女性も酒も慎んだ。ピューティア祭[*1]に演奏する
笛吹きはまず学び、師を恐れた。
今はこう言っておけば十分だ。「私は驚くべき詩を作る。
びりのやつは瘡蓋が覆え。私の恥は、人に遅れをとり、
学んでいなかったことを知らないと認めること」。

410

訳注

＊1　アポッローの神託で有名なデルポイで開催された競技祭。オリュンピア祭などと並んで、ギリシア四大競技祭の一つ。

［辛辣な批評家の必要性］

競売人が競売品を買わせようと群衆を集めるように、
追従者たちに「利益目当てに集まれ」と、詩を書いた人も
豊かに土地をもち、投資の資金も潤沢であれば、言える。
だが、その人が立派な宴(うたげ)を出せる人で、
浮気な貧乏人の保証人にもなり、救いの手を難しい
訴訟に巻き込まれた人にも差し伸べる場合、私は不安だ。分かるのだろうか、
その幸せ者に、見分けられるのだろうか、相手が嘘つきか真の友人か。
君も、贈り物をする時か、誰かに何か贈り物をするつもりの時は、
君が作った詩を聞かせてはいけない。その人も喜びで
心が満ちているから、「見事、立派、完璧」と叫ぶだろう。
そう言いながら彼は顔色を変え、友情のこもった目から
涙さえこぼし、跳びはねて地面にステップを踏むだろう。
葬儀の時に雇われる泣き男の言葉と
ふるまいは心の底から悲しんでいる人々より大仰だ。同様に、

420

430

からかう者のほうが本当の賞賛者より大きな感動を見せる。
聞くところ、ある王侯は、まず多くの杯(さかずき)を強い、
調べようとする相手を酒で攻めたそうだ[*1]。それだけ苦労して
友誼(ゆうぎ)に値するか確かめたのだ。君も詩を作るなら、
狐の下に隠された意図に裏切られぬようにすることだ。
　クインティリウス[*2]に君の詩を読み聞かせたとき、「いいかね、直したまえ、
ここところを」と彼は言っていたはずだ。君が「これ以上はよくならない、
440
二度も三度も試みたが、だめだった」と言えば、「ボツにしなさい、
鍛え損ねた詩は鉄床に戻すことだ」と彼は言った。
君が過ちを弁解して、改めようとしないと、
彼はそれ以上は何も言わず、徒労を費やさなかった。
君が競争相手もなく独りで君と君の詩を愛するのにまかせたのだ。
立派で思慮ある人士は気の抜けた詩行を非難し、
肩肘張った詩行を叱る。雅趣のない詩行には黒い印を塗ろうと
筆を走らせる。華美な文飾を削り、
不明瞭なところに明晰さを加えさせ、
曖昧な言葉を告発し、改めるべきところに印をつける。

450

かくして彼はアリスタルコスになる。[*3] 彼は言わない、「なぜ私が友人をつまらぬことで怒らせようか」とは。このつまらぬことが深刻な災いを招くからだ。物笑いになり、こきおろされるに決まっている。

訳注

＊1　ディオドーロス・シケリオテース『ビブリオテーケー（歴史）』二〇・六三・一には、シキリアの僭主アガトクレース（前四世紀末頃―三世紀初頭）が人々に酒の席で言いたいことを言わせ、それぞれの考えを聞き出した、という話が伝わる。

＊2　クインティリウス・ウァールス。クレモーナ出身の詩人。ホラーティウスは『カルミナ』一・二四で彼の死を悼んだ。

＊3　アレクサンドレイアの代表的な文献学者（前二一七―一四五年頃）。ホメーロスをはじめ、ギリシアの主要文学作品を校訂し、注釈を残した。

［狂気の詩人］

喩えて言えば、悪性の疥癬や黄疸、
あるいは、狂気の発作やディアーナの癇癪（かんしゃく）[*1]のようなものだから、
狂乱の詩人には触れたりせぬよう、恐れて逃げるのが

分別ある人のすることだ。用心もせずに煽り立て、追いかけるのは子供だ。
詩人が頭を高くもたげて詩を吐き出し、さまよい歩く時は、
ちょうど、ツグミを狙っていた鳥打ちが
井戸か溝に落ち、[*2]遠くまで届く声で「助けに来てくれ、
おーい、市民諸君」と叫ぼうとも、助け上げる者がない時のようだ。　460
誰か助けようとしてロープを下ろす者があれば、
「あんたにどうして分かるんだ、わざとここへ自分で落ちたんで、
救われたくないかもしれないじゃないか」と私は言い、シキリアの詩人の
死を語るだろう。不死なる神と思われようと欲して
エンペドクレース[*3]は冷然として燃え盛るアエトナ山に
身を投げた。詩人には死ぬ権利と認可が与えられるべし。
当人の意に背(そむ)いて助ける者は殺すのと同じことをしている。
こんな奇行が一度ならずで、たとえ助け上げられても、もはや
まともな人間とはなりえず、名誉ある死への愛を捨てられない。
彼がなぜ詩を作り倒すのかはよく分からない。　470
父祖の墓の神聖を汚したためか、不吉な落雷の地を
不浄に乱したためか。いずれにせよ、彼は狂っている。熊が

檻を塞ぐ柵を破る力があった時のように、
学ある人もない人もすさまじい朗唱によって追い散らす。
実際、誰かをつかまえたら最後、死ぬまで離さず詩を読んで聞かせる。
血に飽きるまで肌を離れぬ蛭と同じだ。

訳注

＊1　ディアーナ（前出一六参照）は月の女神ルーナ（Luna）と同一視され、狂人（lunaticus）を作ると考えられた。

＊2　プラトーン『テアイテートス』一七四Aには、賢人タレースが星を観察しているあいだに井戸に落ち、天には目が向いても足許が見えない、と冷やかされた話が伝わる。

＊3　一・一二・二〇参照。生まれ故郷アクラガースの市民に呼びかけて「私はもはや死すべき者ではなく、不死なる神としてあなたがたのあいだを進む」と語った、という詩句が伝えられている（ディオゲネース・ラーエルティオス『ギリシア哲学者列伝』八・二・六二）。

付録

110

『諷刺詩』第一巻第四歌一〇三―一四三行

もし私があまりに自由に
ものを言ったり、たまたま戯れが過ぎることがあっても、私の権利として
許してもらいたい。最良の父が私にこういう習慣を仕込んだのだから。
それで私が悪癖を避けるよう、先例によって一つ一つ示してくれたのだ。
私に督励したものだ、慎ましく倹約して暮らせ、
父が私に用意したぶんで満足せよ、と。
「おまえには見えないか、アルビウスの息子のひどい暮らしぶりが。どれほど
バイウスは貧乏なんだ。大きな教訓だ、ゆめゆめ父の遺産を
蕩尽するなという」。商売女との恥ずべき色恋に
近づかぬように言った。「スケーターヌスのようになるな。
人妻の尻を追いかけるな、認められた恋を味わえるじゃないか。
現場を押さえられたトレボーニウスの評判は芳しくない」
と言っていた。「賢人なら、何を避け、何を求めるのが
よりよいか、おまえに説き明かしてくれるだろう。だが、そこまでいかずとも、

昔の人々から伝わっている生き方を守り、おまえが
庇(かば)い手を必要とするあいだ、おまえの命と評判に傷がつかぬよう
見守ればいい。おまえが年齢を重ねて身体も心も
しっかりとしたなら、すぐに浮き板なしで泳ぎ出すのだ」。このように言って　120
子供の私を養育した。そして、言いつけて私に
何かさせる時は、「先達がある。だから、おまえはこれを行うのだ」と言って
選ばれた審判団の中の一人を指さした。
また、禁じる時には言った。「こんなことをしても不名誉で無益か、
それともそうではないかと迷っているのか。悪い噂で火だるまの人が
こっちにもあっちにもいるというのに」。強欲な人も病気になると近所の葬儀に
心が縮み、死への恐怖から自愛せざるをえない。
それと同じで、心の柔弱な人も他人の失態を見てよく
悪癖を嫌ってやめるようになる。こうして私は、命に関わるような
どんな病気も免れている。ただ、ほどほどで君にも赦してもらえるような　130
悪癖にとらわれている。たぶん、この悪癖からも
かなり抜け出せるだろう、長い年月が経ち、自由にものを言う友人がいて、
自分で考えをめぐらせるなら。というのも、寝椅子やあるいは柱廊に

出向いたとき、私は決して失敗しない。「このほうが正しい」。
「こうすれば私はよりよく生きられる」。「これで私は友人たちに会うとき
うれしい気分にしてやれる」。「こんなことをしていいわけがない。私もこれに
似たようなことをいつか魔が差してするだろうか」。こんなことを私は心中で
唇は閉じたまま思いめぐらす。そして、少し暇ができると
戯れに紙に書き込む。これが例のほどほどの
悪癖のうちの一つだ。これも受け入れ難いと君が思うなら、
詩人たちの大軍がやって来て、私に加勢して
くれるだろう。数は私たちのほうがはるかに優位だ。ユダヤ人のようにむりやり
君にこの一団加入を受け入れさせるだろう。

『諷刺詩』第一巻第六歌四五―八八行

さて、私のことに話を戻すと、父は解放奴隷でした。
私の父は解放奴隷だと、みんなが悪口を言います。というのは、

今は、マエケーナースよ、私があなたの飲み仲間だからですし、昔は
軍団士官としてローマの軍団を指揮したからです。
でも、二つの場合は話が違います。なぜなら、たぶん位階のことで
私を羨むのは無理からぬとしても、あなたとの友情まで羨むのはお門違いです。
何しろ、あなたは注意深い。これという人物だけ近づけて、野心ある　50
曲者は遠ざけますから。私は幸運だと言えるかもしれませんが、
それはあなたと友情を結ぶ機会をたまたま得たからではありません。
実際、あなたとの出会いは偶然ではなかったのです。前もって最良の詩人
ウェルギリウスが、次いでヴァリウスが、私がどんな人間かを話していました。
あなたの前に出たとき、私はどもりどもり、わずかしか話せませんでした。
恥ずかしくて口がきけず、それ以上言うことができなかったからです。
自分が高名な父の息子であるとも、周囲に広がる
タレントゥムの田園を馬に乗ってまわるとも話しません。
私がどう生きてきたか話します。あなたの返事は、いつものとおり、
手短かです。私は退出しますが、九ヵ月後にまたあなたは私を呼んで言いました。　60
「私の友人の一人になりたまえ」。これはもう私にとって大変なことです。
あなたに好かれたのですから。何が恥ずべきで何が立派かを区別するとき、

あなたは有名な父親ではなく、人生と心の汚れなさを見る方なのです。
　でも、私にも小さな欠点が少しくらいはあるでしょうが、
難点はそれだけで、それ以外は品行方正です。喩えて言えば、
抜群の肢体のあちこちにあるほくろが気になるようなものです。
それに、貪欲だの、あさましいだの、淫蕩だのと
私に後ろ指をさす人がいれば正しくありません。私は無垢で無辜です。
70 自画自賛してよければ、友人に愛されて生きています。
このように私を育てたのは父です。痩(や)せた狭い耕地しかない貧農でしたが、
私をフラーウィウスの学校へやることを望みませんでした。そこには
羽ぶりのいい百人隊長らのところの栄養のいい子供たちが
左肩にカバンと書板を下げ、
月の中日には八アスをもって通っていました。
父は思いきって子供の私をローマへ送り出しました。学ぶべきは
技芸だったのです。それは騎士や元老院議員なら誰でも子息に
学ばせるような技芸でした。私の衣服と供をする奴隷たちは
偉大な国民に合わせました。それを見た人は、家代々の
80 資産があるからこういう出費ができると思ったことでしょう。

父はみずから私のために非の打ちどころがない守り役を務め、どの先生のところへも付き添いました。要するに、清廉さが美徳の礎石だとすれば、これを失わぬようにしてくれました。およそ恥ずべきことは実際の行為だけでなく、醜聞も戒めました。父はまた、人から非難されることを心配しませんでした。例えば、父自身がそうであったように、私が触れ役や徴税吏などの細々とした稼ぎしかない場合の非難です。でも、私は文句を言わなかったでしょう。ただ、今の私はあの父があってこそ、それだけ深く感謝しなければなりません。

スエートーニウス『名士伝』「ホラーティウス」

クイントゥス・ホラーティウス・フラックスはウェヌシアの人で、彼自身がそう言っているように父は解放奴隷で徴税請負人であった。しかし、塩漬け魚介商だったというのも本当らしい。というのも、彼に対して口論を仕掛けた人が「何度この私は目にしたことか、おまえの父親が二の腕で鼻をぬぐうのを」と非難したからである。

ピリッピーの戦争で将軍マルクス・ブルートゥスに呼び出され、軍団士官に取り立てられた。部隊が敗れたあと、赦免されて国庫の書記の職を買い取った。

それから最初にマエケーナースと、すぐあとにアウグストゥスと親しく付き合うようになり、どちらからも並のものでない友誼を得た。

マエケーナースが彼を非常に大切にしていたことは、次のエピグラムが十分に示している。

ホラーティウスよ、君を私がもはや私の胃袋より
大切にしないなら、君は君の仲間を
ニンニウスより痩せ細りすぎのやつめ、と見てくれたまえ。

しかし、さらにもっとよく示しているのは死に際に残した遺言で、アウグストゥスに向けて次のように言っている。「フラックス・ホラーティウスを私同様にお忘れなきよう」。

アウグストゥスは彼に手紙の代筆の仕事を与えようともした。それはマエケーナース宛の彼の手紙に示されている。「以前は私だけで十分に友人への手紙を書くことができた。しかし、今は忙しく身体も思わしくないので、わがホラーティウスを君のところか

ら連れてきたいと思っている。そうすれば、彼も君のあの居候の食卓からこちらの王侯の食卓へ来ることになり、私が手紙を書くのを助けてくれるだろうから」。ホラーティウスは断ったが、それでもアウグストゥスは少しも腹を立てなかったばかりか、さらに厚い友情を注ぐのをやめなかった。残っている手紙の中から、そのことを示す点を手短かに記しておく。「私の家で君の取り分をとってくれ。君はいわば私にとって寝食をともにする仲間だ。そうするのが正しいことで、思慮に外れてもいない。そのような間柄を私は君と望んできた。君の健康が許すかぎり、そうありたいものだ」。また、別の手紙では、「君のことをどのように私が心にとめているか、わがセプティミウスに聞いてもらえばよい。というのも、たまたま彼のいる前で私が君のことを口に出したことがあったのだ。もし君のほうが傲慢に私の友情をはねつけたとしても、それで私のほうも意趣返しに傲慢なことをしたりはしない」。

このほか、しばしばホラーティウスを冗談交じりに「清純この上ない陽物」、「淑やかこの上ない小男子」と呼び、何度も施しものを与えて裕福にした。

アウグストゥスはホラーティウスの詩に大変感心して、末永く記憶されるものと考えていたので、世紀祭［前一七年］の歌のみならず、彼の孫であるティベリウスとドルーススによるウィンデリキー族［ドナウ川とアルペース・ラエティカエ（チロル、スイスのあたり）のあいだの民族］に対する勝利［前一五年］の詩［『カルミナ』第四巻第四歌」も作るよう命じた。ホラーティウスはそのために三巻の『カルミナ』に長い間隔を置いて第四巻を加える仕儀となった。さらに、アウグストゥスは数編の『談論』を読んだあと、自分のことが何も言及されていないので、次のように不満を漏らした。「私は君に腹を立てているぞ。あの種の詩のほとんどで君はいったいどうしてこの私を話し相手にしないのだ。君は私と友人だと見られたら、後世に君の恥になるとでも心配しているのか」。そして、アウグストゥスは自分に捧げる詩撰を書かせた。それは次のように始まる。

あなたはあれほど多くの、あれほど大きな仕事をお一人で担っています。
イタリアの国の防衛にあたり、風紀を整え、
法律を改めています。ですから、公共の利便に対する罪なのです、
もし私が長々とした話であなたのお手間をとるとすれば、カエサルよ。
〔『書簡詩』二・一・一―四〕

体格の点では背が低く太っていた。ホラーティウス自身が『諷刺詩』の中で述べているとおりであり、アウグストゥスによる次のような手紙もある。「私のところへオニュシウスが君の本を届けてくれた。卑下してはいるが、どんなにささやかなものであれ、

この私はよい本だと思って受け取った。ところで、君は君の本のほうがまだ君自身より大きいのでは、と心配しているようだ。しかし、君には背丈はないが、幅は欠けていない。だから、君は六分の一版に書いてもいいんだ。一巻の巻き幅を最大の太さにしておく。それが君の腹まわりなんだ」。

女性とのことに関しては抑制がきかなかったと伝えられる。というのも、鏡を張った部屋に娼婦たちを配置したと言われている。どこを振り返っても交接の姿が映って見えるためであった。人生のほとんどはサビーニーかティーブル［現在のチボリ］のひっそりした自分の田舎で過ごした。家はティーブルの森のあたりに見られる。

私が入手した中には彼の銘があるエレゲイアと散文でマエケーナースに自分を推薦するような書簡とがあるが、どちらも贋作だと私は思う。というのも、エレゲイアは卑俗で、書簡も目を引くところがない。彼の詩にそういう欠点は決してなかった。

ホラーティウスが生まれたのはルーキウス・コッタとルーキウス・トルクワートゥスが執政官の年［前六五年］の一二月八日で、死んだのはガーイウス・マルキウス・ケンソーリーヌスとガーイウス・アシニウス・ガッルスが執政官の年［前八年］の一一月二七日であった。五九日前にはマエケーナースが他界していた。享年五七であった。相続人にはアウグストゥスが口頭で指名された。すでに体力が尽きかけて遺書への署名を十分に果たしえなかったからである。遺体が埋葬されたのはエスクイリアエ丘の端、マエケーナースの墓のそばである。

訳者解説

一　詩人の生涯と作品

古代の詩人や作家については、どのような人物だったかよく分からないことが多い。しかし、『書簡詩』を著したクイントゥス・ホラーティウス・フラックスの場合、詩中に詩人自身への言及がかなり盛り込まれている。第一巻第二〇歌の後半部分もその一つで、解放奴隷を父とする出自とそこからの立身、短気な性格、そして、前六五年一二月生まれであることを伝えている。生地は南イタリアのウェヌシア（現在のヴェノーザ）だったという（『諷刺詩』二・一・三五）。詩人の形成には父の力が大きく働いた。その躾（しつけ）については『諷刺詩』第一巻第四歌一〇三―一四三行および第六歌七一―八八行に詳しく、これらは「付録」に訳出した。そこには、解放奴隷、つまり、奴隷身分からわずかずつ貯めた身銭によってか、主人の好意を得るかして自由人の身分を買ったという、世間から蔑視も受ける境遇にありながら、息子に生きる道を示し、そのための教育を与えた父親への敬愛と感謝、そして誇りがうかがえる。

成人に達したホラーティウスはギリシアのアテーナイに留学し、学問を身につけたが、そのときローマはユーリウス・カエサル暗殺（前四四年三月一五日）のあと再び内乱の嵐――最初はカエサルとポンペイウス派が争った前四九―四五年の内乱――に襲われた。カエサルの暗殺者マルクス・ブルートゥスやカッシウス・ロンギーヌスが指揮する共和派に加わったホラーティウスはピリッピーで軍団士官として戦い、敗戦の苦汁を嘗めた。前四二年のことである。それが詩作を始める契機になったと本書の第二巻第二歌四四―五二行には述べられている。詩作はマエケーナースによって認められた。この文芸パトロンの代名詞（メセナ（mécéna）は彼の名（Maecenas）に由来する）となった人物なしに黄金時代とも呼ばれるアウグストゥス期ラテン文学の隆盛はなかったかもしれないほどだが、彼とホラーティウスの出会いは『諷刺詩』一・六・五一―六四に語られており、これも「付録」に訳出した。詩人は、自分がうぶだったのに対して、マエケーナースがすべてを見越して彼を懐に迎え入れた、と述べている。

こうして詩人として歩み始めたホラーティウスは、『諷刺詩』第一巻（全一〇歌、前四一年以降執筆、前三五年頃公刊）、『エポーディー』（全一七歌、前四〇年頃以降執筆、前三〇年頃公刊）、『諷刺詩』第二巻（全八歌、前三五―三〇年執筆、前三〇年頃公刊）、『カルミナ』第一―三巻（前三〇―二三年執筆、前二三年公刊）、『書簡詩』第一巻（全二〇歌、前二〇ないし一九年頃公刊）、『世紀祭の歌』（前一七年挙行の世紀祭で合唱公演）、『カルミナ』第四巻（前一七―一三年執筆、『世紀祭の歌』とともに前一三年公刊）、『書簡詩』第二巻

（全三歌、このうち第三歌には『詩論』の名称があり、前一九年以降執筆、公刊時期不明）というように、多彩な詩作を生み出した。

中でも桂冠詩人としてホラーティウスの名を高からしめたのは『カルミナ』である。この抒情詩集においてホラーティウスは、アルカイオスやサッポーといった名高いギリシアの詩人に範をとり――このことは詩人自身が何度も言及している（『書簡詩』では一・一九・二八―三三など）――、多様な韻律を自由自在に駆使しつつ、独自のローマ的要素を巧みに織り込んで豊かな詩想を表現してみせた。この詩人としての成功により、ホラーティウスは元首アウグストゥスの好意を得た。アウグストゥスを名宛人とする『書簡詩』第二巻第一歌はその最も雄弁な証左である。紀元二世紀はじめの伝記史家スエートーニウスも、この詩篇執筆に関わる逸話を含め、詩人と元首の親しい関係を示す証言（『名士伝』「ホラーティウス」。これも「付録」に訳出した）を残している。同じくスエートーニウスによれば、こうして名実ともにローマを代表する詩人となったホラーティウスは、前八年一一月二七日に他界した。

二　『書簡詩』第一巻

本書に訳出した『書簡詩』は、右にも触れたように、第一巻と第二巻がかなり長い間隔を置いて公刊された。相違は公刊時期だけでなく、形式と内容にもはっきり認められる。第一巻は各詩篇が内容と分量の両面で実生活で書かれる手紙に近いのに対し、第二巻の三編はいずれも著しく長く、詩作をめぐるエッセイのような印象を与える。つまり、『書簡詩』という名称は、少なくとも見かけの上では、第一巻によりふさわしいことになる。そこで、以下では二つの巻について別々に紹介していくことにする。

詩集のテーマ

詩集冒頭の詩には作品全体を貫くテーマが提示されることが多い。例えば、ホラーティウスも『カルミナ』第一巻第一歌では、オリンピック選手、国政の指導者、大地主、貿易商など名誉や富を求める人々に対して、自分は抒情詩人として生きる道を選択し、それによって天の高みをも目指す、と宣言した。『書簡詩』第一巻第一歌が提示するのは、

(1)自分の歌はマエケーナースに始まり、マエケーナースに終わる。
(2)自分は今、（抒情詩の）詩作から引退した隠居の状態にある。
(3)自分は今、哲学に精進している。
(4)哲学は権力欲、名誉欲、金銭欲を捨て、人それぞれに適した心の富を豊かにすることを勧める。
(5)心の健康には身体の健康が必須である。

と整理できそうに思われる。

このうち、(1)と(2)は「詩作」に、(3)と(4)と(5)は「哲学」にそれぞれ関わる。中でも興味深いのは、(1)と(5)である。これらには詩の冒頭と末尾でそれぞれわずか一行があてられるにすぎないが、始まりと終わりという重要な位置を占めることに加えて、(2)、(3)、(4)の提示に留保をつける意味合いが読み取れる。というのも、(2)では、今は隠居して詩を書く気になれないことが表明されるのに対して、(1)での「最後にもあなたを歌いましょう」(直訳は「私の最後のカメーナが歌うべき方よ」)は、将来またホラーティウスがマエケーナースに捧げて抒情詩を書くことを示唆しているようにも解せるからである。また、(3)、(4)が「哲学」、つまり、心の健康を何より大切なものとして提示するのに対して、(5)は賢人の健常さも「風邪に悩まされている時は別」と、結局、心も身体があって初めて存在するという現実を示し、冗談めかしながら単純な精神論に釘を刺しているからである。

そのように見ると、さらに、(1)は、ホラーティウスについて、抒情詩人として成功した過去と哲学に精進する現在に、再び抒情詩人として復活することも期待される未来を加えて、詩想を膨らませることに与って(あずか)いると考えられるかもしれない。実際、ホラーティウスは『書簡詩』第一巻公刊後に『世紀祭の歌』と『カルミナ』第四巻を書いた。そこには一連の計画があったとも見られる。その一方で、(5)は、あとにも述べるように、ホラーティウスの「哲学」がまず第一に「適正」、つまり、人間関係や時機に応じた適切さを保ってバランスよくあることを勧めたこととよく符合する面が認められる。いくら高い理想を掲げても、結局、貧すれば鈍するので、生きるためにはどうしても衣食住の基本を疎かにすることはできない。疎かにすれば風邪に悩まされることになる、というわけである。

次には、これらのテーマの展開をもう少し詳しく見ていくことにする。

「隠居」と「辞退」

『書簡詩』第一巻は、『カルミナ』に歌われたような抒情詩を所望するマエケーナースに対して、ホラーティウスが、自分はすでに引退したのでもう書けない、と断るところから始まる（一・一・一―一〇）。このようにパトロンからの詩作の求めを断ることは、アウグストゥス期の詩人たちがよく用いた「辞退」という常套形式を踏まえていると考えられる。ホラーティウスもこの形式を『諷刺詩』第一巻第四歌および第一〇歌、第二巻第一歌、『カルミナ』第一巻第六歌などで使ってきた一方、『書簡詩』第一巻のあと、『カルミナ』第四巻でも『書簡詩』第二巻でも使うことになる。

「辞退」は、ヘレニズム時代の学者詩人カッリマコスが、自分の目指す詩作は長大で凡庸な叙事詩ではなく、卓抜した趣向を凝らし、彫琢を尽くした小品である、と主張したことに始まる。この伝統に従う方向では、「辞退」の主意は、詩作の求めを断ることよりむしろ、詩人が選択した詩作ジャンルを宣言するところにある。カッリマコスが選択したのは縁起詩や賛歌といったジャンルだったが、ウェルギリウスは『農耕詩』第三歌冒頭において、プロペルティウスは『詩集』第二巻第一歌において、それぞれ教訓詩、恋愛エレゲイア詩という選択を示した。ホラーティウスの場合、『諷刺詩』では諷刺詩というジャンルを独自のスタイルで歌うことが、『カルミナ』では抒情詩を歌うことが「辞退」によって提示された。ただ、注意しなければならないのは、ウェルギリウスの場合、『農耕詩』の「辞退」において「私は［今は歌わないが］しかし、すぐに燃え立つ戦いの歌に取りかかろう」（三・四六）と予告したとおり、ローマ建国叙事詩『アエネーイス』を執筆したことである。これは「辞退」がパトロンの求めに対して、必ずしも完全な拒絶ではなく、受諾の先延ばしとして用いられた例である。

『書簡詩』第一巻冒頭の「辞退」の場合、まず「詩が書けない」ことを断りの理由とし、今は詩作ではなく哲学を選択している点で、書簡詩を自分の選択した詩作ジャンルとして宣言するのではないことが通常の「辞退」とは違っている。そもそも、ホラーティウスは『書簡詩』を『談論（*Sermones*）』（一・四・一、二・一・二五〇）と呼び、詩作と呼ぶに値しないかのように表現している。そのことは第一巻末尾の第二〇歌に端的に表れている。その一方で、それと同時に『書簡詩』第一巻のあとに抒情詩人としての復活が示唆されているとすれば、ウェルギリウスがたどった道を模しているともみなせる。ただし、ウェルギリウスの場合、牧歌から教訓叙事詩を経て英雄叙事詩へ、という詩作ジャンルの移行はローマ社会の問題によりいっそう正面から取り組むための必然的進展だったのに対して、ホラーティウスの場合、抒情詩の詩作からいったん引退したあと、また抒情詩人に戻る、というように一貫性を欠いている。

「辞退」は、第一歌と同じくマエケーナースを名宛人とする第七歌にも見られる。パトロンからの、ローマへ早く戻れという再三の催促に対して、今はまだ夏の暑さが厳しすぎるので、冬まで待ってくれ、と答える。ここでは、「アルバの野が雪の色に塗られましたら、あなたの詩人は海辺へ降りてまいります」（一〇―一二）という詩句が目を引く。ここでの「詩人」には、ホラーティウスが『カルミナ』で特別な含意を込めた語彙（uates）が用いられている。それは、その本来の語義である「神官」もしくは「予言者」という響きを活かして、ローマの祭祀を司り、ローマ人がこれから進むべき道を示すという公的役割にホラーティウスが『カルミナ』によって寄与することを表明するキーワードだった。そこで、ここにはホラーティウスが抒情詩人として復帰する意図が、よりはっきりした形で示されているように見える。

そうすることでマエケーナースに恩返しする気持ちを示しながら、その一方で第七歌にはまた、彼から恩義を受けているあいだにホラーティウス自身も変化していることが示される（二四―二八）。米櫃に入って出られなくなった雌狐（二九―三三）、それに対して不釣り合いな贈り物を断ったテーレマコス（四〇―四三）に続いて、マルキウス・ピリップスに取り立てられて農園主になったばかりに自分を見失ったウォルテイウス・メーナの逸話（四六―九五）が引かれ、「手放したものが欲しがったものよりどれほどまさっているか分かったら、すぐに戻って捨てたものを取り返すべきです。人はそれぞれ自分の物差しと足幅で自分を計るのが正しいのです」（九六―九八）と締めくくられる。煎じつめれば、右に触れた

「適正」が肝要だということなのだが、ここで言われる「手放したもの」がホラーティウスにとって何を意味するかは必ずしも明瞭ではない。抒情詩人として「宮仕え」した代償なのか、引退して過去のものとなった名声なのか、あるいは、これからまた抒情詩人として復帰すれば失うことになる閑暇なのか分からない。

この点で示唆を与えるのは、やはりマエケーナースに宛てられた第一九歌である。ここでホラーティウスは自分が歌った抒情詩が誰にも真似できない独自の創造であることを誇らしく述べる（一―三四）。であれば、ホラーティウス本来の姿はやはり抒情詩人ということになる。ただ、第一九歌ではまた、ホラーティウスがあまりに独創的で孤高であるために世間の軽薄な人々の反感を買っていること、そして、そうした敵意と戦うことは、大怪我をしてもいけないので、あえてしないつもりであることが述べられる（三五―四九）。この妥協的態度は、「その組み手は気に入らない」（四七）という剣闘士競技に関わる言いまわしで表現されるので、第一歌冒頭で詩人の隠居が剣闘士の引退になぞらえられたことと重なり合う面がある。とすると、「隠居」は、すべてをやり尽くした末の決断というより、実は自分に対する世間の冷たい態度に嫌気が差した「逃げ腰」の結果とも解されうる。

そう考えると合点することが二つある。一つは、『書簡詩』という作品をホラーティウスがどのように提示しているかという問題に関わる。「逃げ腰」の姿勢から立派な作品ができるとは予想しにくい。だから、ホラーティウスは作品冒頭で、詩を書けない、と言い、第一巻末尾の第二〇歌では、自分の本が店先に出ようとしているのに対して、そんなことをすれば、そのうちに「人々の手でもみくちゃにされて薄汚れてくる。そうなったらもう、役立たずの紙魚（しみ）を無言で飼うか、ウティカへ逃げるか、縛られてイレルダへ送られるしかない」というように諭（さと）していると思われるのである。

今一つは、作品が「哲学」を取り上げていることに関わる。ギリシア哲学の豊かな源流の一つがデルポイの神託所に刻まれた「汝自身を知れ」という箴言に求められることは疑いがない。それはソークラテースによって「私は知らないことを知らないと思っている」（プラトーン『ソークラテースの弁明』二一D）という逆説的な形で哲学（philosophia）の本義「知への愛」を展開させる出発点とされた。この面では、ホラーティウスは引退を勧める「声」が聞こえたことを記して、自分をソークラテースになぞらえていること（一・一・七）も参照される。そして、キケローは「哲学は私たちに最も困難なことを教えた。すなわち、私たちが自分自身を知るということを」（『法律について』一・五八）と述べた。このことに照らすと、「逃げ腰」には、本来の自分を貫くことを避ける点で、自分を見失っている面のあることが気づかれる。だからまたホラーティウスは、一度立ち止まって本来の自分にふさわしい生き方を考えるために、自分自身を知る試みとして哲学に専心し始めたようにも思われるのである。

さまざまな名宛人とそれぞれの「適正」

そこで、『書簡詩』第一巻には、詩作と哲学が、言ってみれば、綱引きをする緊張の上で、どこに身の置きどころを定めるべきか揺れるホラーティウス自身が表現されていると見ることができるかもしれない。その点で目を引くのは各書簡の名宛人とされている人物の多様さである。というのも、それはホラーティウスのさまざまな側面を映し出す鏡のように機能しているようにも見えるからである。

第二歌、第一八歌の名宛人ロッリウスは若く、今はローマで立身出世を思い描いて弁論術を磨いているようだが、すでに軍務経験もある。田舎に隠居して哲学に精進しようとしているホラーティウスとは好対照の人物であり、それだけに人生の助言をするには格好の相手と言える。実際、どちらにおいても哲学への勧めがなされるが、しかし、そこには違いも認められる。第二歌では、「賢人になると決意をなさい」（一・二・四〇）、「若いうちによりよいことになじみなさい」（一・二・六八）と、すぐにもホラーティウスと同じように隠居するのがよいように述べられる。ただ、その一方で、賢人になるための教えは哲学者たちより叙事詩人ホメーロスのほうが「平明かつ見事に語っています」（一・二・四）とされ、哲学に精進するには、哲学書よりも、優れた詩を読むほうがまさる、という逆説が提起される。それに対して、第一八歌では、美徳の勧めを説きながらも、助言として列挙されるのは「ローマの男子が慣いとする仕事」（一・一八・四九）であり、ホラーティウスの「余生」（同・一〇八）や「平静」（同・一一二）とは異なる方向を指示している。そこには二人の立場の違いとそれに応じた生き方の対照が表現されていると思われる。

第一七歌の名宛人スカエウァも、ホラーティウスより年下で助言を必要とする点でロッリウスと共通する。ただ、スカエウァはそれなりに哲学の心得があるようだが、キュニコス派の教えに傾いているらしい。ホラーティウスはそのゆきすぎを正して快楽主義者アリスティッポスの教えを勧め、やや誇張した表現にユーモアを込めながら「鈍すれば貧する」を説く。

助言を与えることが適切なロッリウスやスカエウァに対して、フロールス（第三歌）、フスクス（第一〇歌）といった名宛人にはその必要はあまりなさそうに見える。いずれもホラーティウスと気心が通じているようで、フロールスには詩文の心得があり、フスクスは自足して「賢い人生を送る」（一・一〇・四四）と言われる。その一方で、フロールスは今、遠く戦地にあり、フスクスはローマでの生活を続けていて、田舎に隠居したホラーティウスと対照をなし、異なる境涯それぞれにふさわしい生き方があることを示している。

これら二つの場合の中間、つまり助言が積極的に必要とされるほどではないが、まったく不要でもないという場合もある。第五歌はトルクワートゥスをホラーティウスの家での宴席に誘う招待状の体裁をとりながら、仕事に息抜きが必要であることを説く。弁護士である名宛人に「相続人に配慮するあまり倹約や厳格さが度を越した人は狂人と五十歩百歩」（一・五・一三―一四）だから酒と語らいのひとときを過ごすために「顧客が広間を塞(ふさ)いでいれば、裏口を使ってごまかしてください」（一・五・三一）と冗談めかして誘う。その一方で、第一六歌の名宛人クインクティウスは「大兄」（一・一六・一）と呼ばれ、誰もが幸福だと噂する人物（一・六・一七―一八）だが、まさにその噂や世評が曲者(くせもの)だ、とホラーティウスは書き送る。世の中も見かけに騙されて軽薄な評価をする一方、そうした評価に踊らされて自分を見失う人もいる、というわけである。

哲学の勧めを助言として伝えるにせよ、ともに人生の道標として共有するにせよ、それを手紙の話題とする相手は友人がふさわしく、今見てきた以外に、ヌミーキウスに宛てて目にしたまわりのものに驚かず、よく生きることを勧める第六歌、地中海各地の名所をめぐるブッラーティウスに故国にまさる場所はないことを述べる第一一歌、「崇高」に心を傾けて利得などの世間的関心をもたないイッキウスに世界情勢にも目を向けるよう勧める第一二歌などもある。

ただ、友人宛には、哲学的話題だけでなく――手紙を書く目的としてはこちらのほうがむしろ普通である――近況報告も綴られる。アルビウス宛の第四歌、ウァーラ宛の第一五歌がこれにあたる。「私の『談論』にあるべき判定を下す方よ」（一・四・一）と言われ、才色兼備に加えて「富とこれを楽しむ秘訣」（一・四・七）を心得るとされるアルビウスは今のホラーティウスにとって理想像のようにも見え、「エピクーロス派の豚」（一・四・一六）になっている自分を訪ねてくれるよう、おかしみを込めて誘う。第一五歌でもホラーティウスは美食家たる自分の近況を冗談めかして記す。彼は今バイアエの温泉治療が不要になるほど体調がよくなり、食べ物がおいしい場所へ移ろうとしているらしい。田舎から海辺に出て、銘酒を味わって憂いを払い、若者気分にもなろうかと語る言葉（一・一五・一七―二一）は、ホラーティウスが再び抒情詩を書き始めようという気持ちになったかのように思わせる。というのも、第七歌でも見たように、田舎から海辺に出ることは隠居生活の打ち切りを示唆し、酒と恋は抒情詩の主要なテーマだからである。

さて、手紙が送られるのは友人だけでないことは言うまでもなく、ホラーティウスは巧みに変化を加えている。第八歌は詩神ムーサにケルススへの伝言を託す。ホラーティウスは今、心の健康を損なっているというのがその第一、第二は「われわれの君への対処は、運に対する君の対処次第」(一・八・一七)という忠告である。哲学の勧めを説いていたホラーティウスの変調はどうしたことかと思うが、ムーサへの伝言という設定がまず空想によることに加え、ケルススは第三歌で詩作の剽窃を繰り返し、いつかしっぺ返しを受ける(一・三・一五—二〇)と言われていたことを考え合わせれば、すべては戯れから発しているように思われる。ケルススは詩の霊感から縁遠い人物だから、ムーサの声が届くとはとうてい考えられない。おそらく、それがケルススが対処しなければならない「運」である。とすれば、ムーサへの伝言そのものが最初からケルススへの巧妙な揶揄をなしていることになる。

ティベリウスに宛ててセプティミウスを推薦する第九歌は、いくつもの逆説に満ちている。まず、推薦状は推薦される人物をよく知る人間が書くはずだが、ここではホラーティウスがセプティミウスを知っているより、セプティミウスのほうがホラーティウスを知っているという。その点で、今ホラーティウスが哲学に精進しているなら、まずもって自分自身を知ろうと努めているはずなので、セプティミウスはホラーティウスの先を行っていることになる。ホラーティウスは、マエケーナースからの抒情詩執筆の求めは断ったのに、この推薦状を書くことは辞退しきれなかったという。その理由は、世間がホラーティウスに認めている力をホラーティウスは自分のためだけに使う人間だと思われたくなかったから、というものので、世評を気にした浅薄にすぎるものである。その上で、「都会人一流の面の皮」（一・九・一一）から恥も外聞もなく行われる推薦をまともに受け取る人は少ないであろう。

第一三歌と第一四歌はいずれも、ホラーティウスがアウグストゥスへ献上の詩歌を託す内容で、これが体裁をとる。第一三歌はウィンニウスにアウグストゥスが自分の用事を頼む相手に記した手紙の創作であることは明らかである。そもそも、それほど遠くない届け先へすでに出発しているらしいウィンニウスにあとから追いつくように手紙を書き送るのが理に合わない。それでも、そうせずにいられず、こまごまとした注意を加えてしまうほどの気遣いを示すことに表現意図があるとすれば、このことを「みんなに話してはいけない」（一・一三・一六）と言う時の「みんな」とアウグストゥスとホラーティウスの微妙な関係が暗示されているようで興味深い。

第一三歌の「みんな」に嫉妬深い人間が含意されているとするなら、それは第一四歌でも重要なモチーフとして現れる。そういう人間がいないから田舎は都会よりよいとホラーティウスは考える（一・一四・三七―三九）。そして、かつて雑役奴隷の時に願った田舎行きがせっかくかなないながら、今は奴隷に戻っても都会暮らしのほうを望む農場管理人に、彼が従僕から妬まれる羨ましい立場にあることを諭す。ということは、しかし、田舎にも嫉妬深い人間はいることになる。

書簡形式とキケローの著作の影響

以上、それぞれの名宛人とその話題を概観したところからもうかがえるように、書簡形式は書き手と名宛人の関係、双方の当面の問題、関係に応じて異なる問題への対処といったことを描き出すのに適している。この点で、ホラーティウスに影響を与えたと考えられるのは、キケローが大量に残した書簡である。そこには家族や友人に近況を知らせる手紙、また、気心の知れた友人とのあいだで世相やその時々の事件、あるいは哲学的問題を話題にするもの、その一方で、国家の存亡に関わるような緊迫した状況を伝えるもの、さらには推薦状ないし紹介状の類いなど、多様な内容があり、名宛人も、書簡全体のほぼ半分を占める友人アッティクスのほか、カエサルやポンペイウスといった国家の枢要を占める人物から、キケローの家内奴隷も含めた家族まで、実にさまざまである。『書簡詩』第一巻にもこうした多様性があることは右で見たとおりである。

ここで注目したいのは、名宛人に応じてふさわしい話題をキケローが意識して選んでいることで、そこからキケローと名宛人の関係がうかがわれるとともに、関係によって異なる記述からキケローの心の機微も見て取れる。こうした手紙ごとの書き分けとそこから浮かび上がる書き手自身の心情という面に『書簡詩』第一巻に表現の主眼が置かれていることは疑いない。

書簡形式をめぐる影響関係に関してはもう一つ、ヘーシオドスの教訓叙事詩『仕事と日』

が詩人から弟ペルセースへの説教という形をとったのを嚆矢として、人生訓や処世訓などを述べる著作では、近しい人物に呼びかけて垂訓を行う伝統があったことを挙げることができる。ホラーティウスがこの伝統を踏まえていることは、詩集の冒頭で「何が正しく、ふさわしいか心を傾けて問うこと、今の私にはそれがすべて」（一・一・一一）と述べ、自分が哲学に専心する生活を送っているかのように提示していることからもうかがえる。特に、詩人が自身を「エピクーロス派の豚」（一・四・一六）と言っているのは、快楽主義哲学者エピクーロスとその弟子たちが自派の教えを手紙の形式に託したことを意識したものかもしれない。

その上で、書簡形式による哲学書という点から目を向けたいのは、キケロー『義務について』である。この書は息子に宛てた書簡の体裁をとり、現実の個々の場面においてどのような行為がふさわしいか、その判断基準として何が立派で何が有益か、また、立派な行為と有益な行為が二律背反にあると思われる場合にどう問題を解決するかを問うことを主題とし、社会的徳性としての「適正」が重視される。『書簡詩』でも、詩集冒頭の「何が正しく、ふさわしいか」（一・一・一一）に続いて、第二歌では「何が立派か、何が醜悪か、何が有益で、何がそうでないか」（一・二・三）が話題にされ、さまざまな名宛人との対話を通じてそれぞれの「適正」が作品に重要な意味をもっていることは右で見たとおりである。

加えて興味深いのは、ホラーティウスが『諷刺詩』と『書簡詩』の総称とした「談論（sermo）」についてもキケローはどのようにするのが適正か、細かく指示していることである（『義務について』一・一三四—一三七）。ソークラテースの対話のように、ゆったりとして強情にならず、機知をそなえるべし。話題は、その場にいる人々に合わせて家庭内のことや政治、あるいは学芸の修養と教育とすべし。まじめな事柄なら厳(いか)めしさをもって、滑稽な事柄なら機知を用意して話すべし。怒りなどの激情を排すべし。談論の相手には敬意と愛情を抱いていると見られるようにすべし。必要な時に限っては叱責も可。ただし、相手を思う気持ちを明瞭に示すべし。そして、「第一に用心すべき」は「談論をする中で性格に欠点があると見咎められないようにすること」として、悪口や侮辱を戒(いまし)める。締めくくりには、自慢話、それも偽りの自慢、嘲笑を招きながらの自慢が醜悪だと言われる。これらの指示をホラーティウスは、忠実に従う場合と、戯れを意図して逸脱する場合とで使い分けているように思われる。

三　『書簡詩』第二巻

『書簡詩』第一巻を世に出したあと程なく、ホラーティウスは抒情詩人として公の場に復帰した。前一七年、アウグストゥスの統治のもと、新たな時代の始まりを画す祝祭である世紀祭において、少年少女から成る合唱隊が歌う『世紀祭の歌』を披露し、前一三年には『カルミナ』第四巻を公刊した。『書簡詩』第一巻で表明された「引退」は実に華々しい形で覆(くつがえ)されたことになる。

とはいえ、第一巻は、前述のところからもうかがわれるように、詩集として全体的なまとまりを有していた。すなわち、第一に、マエケーナスを名宛人として詩集の機軸をなす第一歌、第七歌、第一九歌において主要テーマが盛り込まれ、全体の基調が示される。第二に、末尾の第二〇歌が詩集そのものを名宛人として全体を締めくくる。第三に、各詩篇が手紙にふさわしく、名宛人との関係や想定されているその時々の状況を織り込みながら、それぞれの側面から主要テーマの展開に寄与している。

それに対して第二巻は、このあと述べるように、そもそも一つの詩集として構想されたものかどうか必ずしも明らかではない。この点に関しては、全三歌それぞれの執筆時期にかなりの隔たりが推測されることに加え、特に第三歌が、より名高い『詩論（*Ars Poetica*）』という名称が示すとおり、すでに古代から独立した作品のように扱われてきたという事情もある。そこで以下では、三詩篇を個別に見ていくことにしたい。

第一歌

第一歌の特色はまず、元首アウグストゥスを名宛人とするところにある。スエートーニウスは、第一歌執筆の逸話として、アウグストゥスがホラーティウスに対し、自分が『談論』において話し相手とされていないことへの不満を述べたことを記している（付録『名士伝』「ホラーティウス」）。この不満の表明は通常、『世紀祭の歌』と『カルミナ』第四巻公刊（前一三年）のあとと考えられ、そこから第一歌は前一二年に執筆されたと推定されている。執筆時期の問題と同時に、スエートーニウスの証言で重要と思われるのは、第一歌が元首の求めに応じたものだということである。書簡形式には名宛人との関係、その時々の状況に適切な話題を盛ることが求められることは先にも触れた。アウグストゥス本人の求めによって彼を名宛人にするとなれば、詩人は適切な話題の選択にいっそう注意を払ったに違いない。
話題という点から全篇の構成を見ると、ほぼ次のように整理できる。

一―一七：最初の呼びかけ。アウグストゥスの栄誉は存命中にすでに確立している。
一八―九二：保守的先入見。名声は、通常、死んだあとに得られる。それを詩作に適用して「古典」だけをよしとする権威主義は誤りである。
九三―一一七：ギリシア・ローマが平和ぼけしたとき、誰もが詩文に熱中した。
一一八―一三八：詩人の社会的役割、価値。
一三九―一五五：初期ローマの粗野な詩文。歯に衣着せぬ物言いが人を傷つける。
一五六―一七六：ギリシアの影響のもとでのローマの技芸の始まり。
一七七―二一三：劇作家、舞台稼業と観客。
二一四―二七〇：統治者にとっての詩人の価値。

すぐに気づかれるのは、個人的ないし個別的な事柄よりも、詩人の役割や価値（一一八―二一三）を述べ、そこにローマの文芸史的な記述（一三九―一七六）をはさむ――特に「囚われの身のギリシアは野蛮な勝利者を虜（とりこ）にしました」（二・一・一五六）という詩句はラテン文学の性格を端的に言いあてた表現として知られる――など、一般的もしくは普遍的な事柄が綴られていることである。このことは一方で、第一巻とは異なる特色のように見える。第一巻では、手紙の特性、とりわけ手紙が発信人の現況を伝える面を活かして、ホラーティウスが抒情詩の詩作から引退した「今」から出発し、その――ホラーティウスと名宛人の関係も含む――「今」に即して主要テーマが展開していた。そこには、それぞれの「適正」として右に見たように、個別的状況において各人各様にふさわしいあり方が表現されていた。

　それは、しかしながら、同時にアウグストゥスとの関係において適切な話題の選択だったとも考えられる。アウグストゥスは、ホラーティウスが「あなたはあれほど多くの、あれほど大きな仕事をお一人で担（にな）っています」（二・一・二）と呼びかけているとおり、その双肩に偉大なローマを背負っている存在であり、天下国家のことが話題としてふさわしい。そして、彼の推進した施策の一つが文芸の振興であり、そこからウェルギリウスやホラーティウスをはじめとする傑出した詩人たちが輩出し、黄金時代とも呼ばれるラテン文学の隆盛が実現した。第一歌は、詩作を支援する国家の指導者に宛ててローマ屈指の詩人が――ただし、今は高踏な詩を紡ぐ立場から離れて――ローマという国にとって詩歌および詩人がどのような価値を有するか、歴史を振り返りながら述べた手紙と言うことができるかもしれない。

　冒頭でアウグストゥスは神に比すべき輝かしい名声を得た特別な存在であるという称揚がなされるとき、それはそのあとに述べられる昔の作品にしか価値を認めようとしない凡俗の誤謬と対置されている。そこには、今栄誉を得ているアウグストゥスなら、今の詩人たちにふさわしい価値を認めるはずだ、という含みが見て取れる。このあと、詩作が興隆するのはアウグストゥスが確立したような平和な時代であることに触れてから、文芸史およびホラーティウスが敬遠する劇作についての記述をあいだにはさんで、詩人の役割と価値について語られる。ラテン文学発展の歴史はアウグストゥスの治世に頂点を極めるローマ繁栄の歴史と重ね合わされ、アウグストゥスの栄誉は今の詩人たちによってこそふさわしい賞賛の表現を得る、と言われているかのようである。

だが、アウグストゥスの事績を歌える詩人としてホラーティウスはウェルギリウスとウァリウスの名を挙げ、自分はそのような任に堪えないと言って「辞退」を申し出る（二四五―二五九）。これによって、元首への追従、あるいは、自負と裏返しの高慢の表出ともなりかねない話題が皮肉とユーモアに包まれていることが認められる。というのも、まずホラーティウスは自分への「賞賛」をほとんど嫌っていると言ってよいほど強く避けている。それは、『書簡詩』について「『談論』によって地面を這いまわる」（二五〇―二五一）と述べていること、そして、「出来損ないの詩句」（二六六）による褒め言葉はかえって恥辱を招くとする結び（二六四―二七〇）に明瞭である。この言辞は明らかに「辞退」と結びついている。この私でさえ不出来な賛辞を嫌うのだから、アウグストゥスならなおのこと、その賞賛は偉大な事績にふさわしい力量の詩人から捧げられるべきで、小さな歌しか作れない自分の身の丈にある、というわけである。それと同時に、アウグストゥスが「賞賛」に対して賢明な対処をすべきであることも、ここには示唆されている。この点は、すでにアレクサンドロス大王とコイリロスの例（二三一―二三七）によって言及されていた。幸い、アウグストゥスはウェルギリウスやウァリウスのような詩人を抱えているので、アレクサンドロス大王の愚を犯す恐れはないものの、詩人の力量と適性の見極めが重要であることは変わらない。

そこで、文芸の振興という点でのアウグストゥスに対する最大の賛辞は、耳に心地よい詩句に惑わされず、それぞれの詩作ジャンルにおいて卓越した作品を愛でることができた、ということになろう。ホラーティウスは人気に左右される舞台稼業は自分にはできないと言い（一七七―二一三）、そのあとアウグストゥスに「こちらの詩人たち、自分を読者に委ねるほうが不遜な観客の侮辱に耐えるよりもよいと思う詩人たちにも少しのあいだお心を向けてください」（二一四―二一六）と訴える。アウグストゥスは劇場の観客のように愚かではありませんね、とホラーティウスは言っているように聞こえる。少なくとも、アウグストゥスはこの手紙を読んで、古いことが優れていることの証左でないのを確認し、ローマの文芸史を概観して詩作に関する大きな視野を得、詩人の価値を再認識したのだから、ホラーティウスの「辞退」を快く認めたはずである。

第二歌

第二歌は第一巻第三歌と同じくフロールスという人物を名宛人としている。第一巻第三歌では、フロールスはのちに第二代皇帝となるティベリウス率いる東方遠征軍に加わっているところだった。第二巻第二歌は、その彼が――ティベリウスの帰還（前一九年初秋）にともなって――ローマに戻ったあと、ホラーティウスに詩歌を送るよう催促したのに応えた手紙という体裁であることから、前一九年秋頃の執筆と考えられている。全篇の構成は、ほぼ次のように整理できる。

一―二五：歌を送らないことについての言い訳「最初から断ってあった」。例証として免責付きの奴隷売買。
二六―四〇：懐が豊かになると危険を冒さない。例証としての持ち金を盗られた兵士。
四一―五四：ホラーティウス自身の境涯。貧しさから詩作したが、今は不自由がない。
五五―六四：人はそれぞれ好みが違い、すべてに合わせることはできない。
六五―八六：ローマは詩作にふさわしい場所ではない。
八七―一〇五：ローマでは、弁論家と同様、詩人同士で褒め合わないといけない。
一〇六―一四〇：立派な詩人は自分の詩作を批判的に見ることができる一方、下手な詩人でも自分の詩作が優れているという幻想に浸っていられれば幸せである。
一四一―二一六：哲学の勧め。

この第二歌には、手紙の名宛人、詩作の求めへの断り、哲学の勧めなど、第一巻に見られたところと共通する要素が現れる。このことには第二歌が第一巻公刊後、程なく執筆されたたことも関係しているかもしれない。けれども、それらの要素を用いた表現は第一巻の場合と大きく異なっている。

詩歌を求めるフロールスの催促に対してホラーティウスが用意した言い訳は、①最初に「怠け者」という免責事項を告知してあったので、奴隷売買と同様、お咎めを受けるいわれはない、②今の自分は苦労して詩作に専心しなければならない状況ではない、③ローマは詩作ができる環境ではない、④ローマの狂乱や詩作の幻想に惑わされるより、哲学を修めるべき時だ、というようにまとめられる。

すぐに気づく第一巻との違いは、ホラーティウスがローマにいるために詩作できない、としていることである。第一巻では、ローマはマエケーナースが抒情詩人ホラーティウスの復帰を待っている場所であるのに対して、田舎が現在哲学に専心するホラーティウスの隠居場所であり、ローマと田舎の対が詩作と哲学の対に呼応していた。そして、田舎は、プラエネステ（一・二・二）、アルバの野（一・七・一〇）、ティーブル（一・八・一二）、ウルブラエ（一・一一・三〇）、バイアエ（一・一五・二）、マンデーラ（一・一八・一〇五）と変化がつけられ、折々のホラーティウスの近況に具体的なイメージを加えることに寄与していた。しかし、第二巻第二歌では、どこが哲学の精進に適した場所かは示されない。田舎の地所への言及（一五八―一七九）はあるが、所有をめぐる面倒という文脈に現れ、哲学にはそぐわないイメージが田舎に与えられている。

哲学にそぐわないイメージという点では、そもそも、詩篇冒頭に述べられる免責付きの奴隷売買という例証も同じ方向を示唆しているように見える。キケローは『義務について』三・五四以下において、家や土地を売り手が傷ものと知っていて売る場合、その欠陥を買い手に告知するのが法的義務であることを論じ、その最後に、この義務は不動産だけでなく、奴隷売買にもあてはまる、と述べている（同書三・七一）。それゆえ、ホラーティウスが奴隷売買に喩えて免責事項を事前に告知してあったと抗弁するなら、「法の正義は私の味方」（二一三）という詩句のとおり、法的にはそこに手続き上の落ち度はないことになる。ただ、キケローは、この種の阿漕な商売を排除する仕方が法律と哲学者では異なるとも述べており、法律は法律に定められた範囲にしか手を下せないが、哲学者は理性と知性が把握するかぎりを排除する、としている（同書三・六八）。つまり、哲学に励む人間なら、相手に不利益を生じさせかねない取引など最初から考えもしないはずである。

「哲学」をめぐって認められるこうした不協和音からは、第二巻第二歌でのホラーティウスについて、哲学に精進しているとした第一巻の場合とは異なる立場であることが推察される。この点で示唆的だと思われるのは、手紙の冒頭では「嘘つき」（二五）呼ばわりされていることを記したホラーティウスが末尾ではフロールスに「正しい生き方」（二一三）を促す、というように、始めと終わりで両者の立場が逆転していることである。この立場の逆転は、一方で、とりもなおさず、フロールスの「厳しいお叱り」（二一一―二一二）が「不当」（一九）だというホラーティウスの言い分が通ったことを暗示しているように思われる。それと同時に、哲学にともなうイメージには、こうした立場の逆転を導くような論法、さらに言えば、真理の探究よりも論争に勝つことを目的とする議論のための議論、つまりソフィストによる詭弁など、あまりよくない意味での弁論術もあることが思い合わされる。この点では、二・一・四五―四七にも詭弁的議論への言及があった。

このように見てくると、ホラーティウスがフロールスに哲学を勧めるのは、彼自身が第一巻で選んだ道へ誘うというより、詩歌を送ってよこさないホラーティウスに立腹しているフロールスを、言ってみれば煙に巻き、詩歌の催促を忘れさせようという、よくない魂胆からではないかと思われてくる。

このような見方にいくぶんか理があるとすれば、この手紙は全篇が戯れの意図で書かれていると考えられ、そのトーンは冒頭の奴隷売買の喩えで方向づけられていると理解される。というのも、主人を欺く（あざむく）「狡猾な奴隷」は多くのローマ喜劇で主人公を務める類型的役柄なので、そのイメージがコミカルな調子をいっそう増幅しているからである。この点で、プラウトゥスの喜劇『プセウドルス』では、狡猾な奴隷が策略を仕掛ける際に相手を煙に巻く語り口について、「哲学をぶつ」（六八七、九七四）という表現が用いられていることも参照すべきかもしれない。

いずれにしても、「詩歌」の代わりにこの戯れの手紙を受け取ったフロールスは満足し、それ以上の催促をしなかっただろうと想像される。アウグストゥスが『談論』の話し相手にされないことで不満を述べたと言われるのに対して、フロールスは二度目の登場を果たし、談論になくてはならない機知に富む表現に一役買う栄誉を与えられたのであるから。

第三歌『詩論』

第三歌は『詩論（*Ars Poetica*)』の名称によって、ひときわ名高い。『詩論』という題名は紀元一世紀の修辞学者クインティリアーヌスにおいて、すでに確認される（『弁論家の教育』「トリュポーへの序言」二、八・三・六〇）。また、写本における『詩論』の位置は、『書簡詩』第二巻第一歌および第二歌のあとではなく、『カルミナ』に続く写本中の二番目、もしくは、『カルミナ』、『エポーディー』、『世紀祭の歌』に続く四番目を占める。こうしたことは『詩論』がそれだけで完結した一つの作品である可能性を示唆している。その可能性が高いとする見方は現在では少数派とも思われるが、『詩論』がそこに織り込まれた文芸に関する伝統的理論ゆえに古代から近代以降まで――ヨーロッパ文学に少なからぬ影響を与えるような――特別の扱いを受けてきたことは事実である。加えて、全編四七六行という分量も、例えばウェルギリウス『農耕詩』第一歌とほぼ同じであり、一つのまとまりをなしうる規模と言える。少なくとも『書簡詩』の他の詩篇とは一線を画す長さであり、この長さはまた手紙としての現実味を薄くしている感がある。

その一方で、『詩論』に認められる『書簡詩』全体との共通点は主に三つ、第一にピーソー家の人々を名宛人として書簡形式を踏まえていること、第二に「適正」――詩人の力量（三八―四五）、用語（四六―七二）、詩作ジャンル（七三―九八）、情調（九九―一一八）、題材（一一九―一五二）、登場人物の性格（一五三―一七八）、劇の要素・ジャンル（一七九

—二九四）、詩人の目的（三二三—三四六）といった詩作に関わる個々の側面に即した適切な対処——が詩作に最も必要なものとして中心的な話題とされていること、第三に今のホラーティウスには詩が書けないとされていること、である。

第一の点に関しては、しかし、実際の手紙にはそぐわない長さであることに加え、名宛人との関係やその時々の状況を織り込むという手紙の特性が活かされているようには見えない。名宛人の「ピーソー家の人々」については、古注家の言及はあるものの、はっきりしたことは分からず、少なくとも、なぜ『詩論』の名宛人とされているのか、あるいは、ここに綴られる事柄が今この名宛人とのあいだで話題にされる理由は何か、すぐには明瞭な答えが見出せない。その点で、第二巻第一歌でも詩人の価値や役割、ローマの文芸史といった『詩論』と近接した話題が取り上げられていたが、そこでアウグストゥスが名宛人であることで話題に適切さが認められたのとは違っている。翻って、ホラーティウスの側でも、なぜ今『詩論』を書き送らねばならないのか、その必然性は見えない。

そこで、『詩論』は書簡形式をとりながら、手紙としての「適正」を欠いている、という見方が可能であるように思われる。そうだとすると、第二の共通点である「適正」という話題そのものにも疑問の目を向けたほうがよいように思われてくる。ホラーティウスは詩篇冒頭で絵画との類比に拠りながら「調和」の必要性を述べ、「何をするにも首尾一貫させないといけない」（二三）と記したあと、一貫性が失われる場合として「安全無事ばかりを考えて嵐を恐れる人は地面に這いつくばる」（二八）を一例に挙げる。しかし、この表現には第二巻第一歌の「私も『談論』によって地面を這いまわるより、さまざまな事績を詩に編みたい」（二五〇―二五二）という詩句との呼応が認められ、『詩論』自体に一貫性を欠く側面があることを暗示しているようにも見える。ところが、ここに第三の共通点が関わってくる。「私は自分が何も書かずとも、詩人が果たすべき務めを教えよう」（三〇六）とホラーティウスは言って、今の自分には詩が書けないとしているので、これを額面どおりに受け取れば、『詩論』は詩とはみなされていないことになる。そこで、詩ではないのであれば、『詩論』が首尾一貫している必要もない、ということになるかもしれない。これは詭弁のように聞こえるだろう。けれども、第二巻第二歌で詭弁とも映る言い訳が述べられていたことは先に見たとおりである。すると、ここに『書簡詩』の他の個所との共通点がもう一つ見られることになる。

しかし、そもそも、詩であるためには「調和」が本当に必須であるのか、あるいは、そうであるとホラーティウスが本気で言っているのかを問う必要があるかもしれない。ホラーティウスは詩作が首尾一貫性を欠く場合を三つ挙げている。第一に「見かけだけの正しさ」（二五）を追いかけたとき、第二に「同じ一つのことに途方もない変化」（二九）を求めたとき、第三に技術をともなわずに失敗を避けようとしたとき（三一）、である。右に触れた『書簡詩』および『詩論』自体への暗示を含むと思われる「安全無事ばかりを考えて嵐を恐れる人は地面に這いつくばる」（二八）は第一の場合の例として現れる。確かに『書簡詩』は、さまざまな名宛人との関係と個別状況、また、それらを統括するはずの発信人ホラーティウスの詩作と哲学をめぐって揺れる立場といった点で、首尾一貫しているとはとても言えないが、各詩篇がそれぞれの「適正」を保っていることはこれまで見てきたとおりである。ということは、「調和」は「適正」であるための十分条件ではあっても必要条件ではなく、「地面に這いつくばる」『書簡詩』そのものがそのことを示す実例だと言えるかもしれない。

第二の場合の例として、ホラーティウスは「イルカを森に、波の上に猪を描いたりする」(三〇)ことを挙げる。これは確かに「途方もない変化」ではあるけれども、十数メートルに達する大津波などを考えれば決してありえないことではない。実際、オウィディウス（前四三—紀元一七年頃）は『変身物語』において、神々の王ユッピテルが邪悪な人間の種族を滅ぼそうと引き起こした大洪水の描写の中で「イルカたちは森に入り、高い枝にぶつかったり、幹を押して揺らしたりしている。……猪に雷電の力があっても、雄鹿に敏速な脚があっても、水にさらわれては役に立たない」（一・三〇二—三〇三、三〇五—三〇六）と語っている。『変身物語』における「変身」は、単に登場人物が他の生物や無生物に姿を変えることだけでなく、そうした物語、および物語を語り継ぐ伝統の変容、さらに物語の容れ物である文学ジャンルおよびその常套の変化を含意しており、物語ないし詩とは何かという問いを孕んだメタ文学的表現にこの作品の特色の一つがある。大洪水の物語を例にとれば、世界の様相の変化や大洪水後の新たな人間の誕生というような物語内部に現れる「変身」だけでなく、それを語る際にオウィディウスが従前とは違う物語展開を、読者にその違いが意識されることで文学的効果をあげるような形で行う物語そのものの「変身」、さらに大洪水が象徴する「混乱」と『変身物語』の詩形式である叙事詩が象徴する「均整」の混在という面でのジャンルの「変身」という具合いである。そこで、『変身物語』も詩論的問題を作品の核にしている点は『詩論』と共通する。オウィディウスがホラーティウスの表現を借用したのも、この文脈においてのことであり、それが「大洪水」の情景描写にとって適切であるだけでなく、「大洪水」が象徴する詩論的含意を効果的に打ち出す意図によるものと考えられる。この点では、大洪水後に生命を誕生させた火と水の敵対的混在状態についてオウィディウスが用いた「不和なる調和」(『変身物語』一・四三三)という詩句が注目される。というのも、まず、それがホラーティウス『書簡詩』一・一二・一九からの借用だからであり、その上で「調和」の欠如と「適正」が両立しうることを示す表現のように思われるからである。いずれにしても、「途方もない変化」を呈する表現も詩的に適正でありうる実例がここに見られる。

第三の「技術がない」場合については例が挙げられていない。当然すぎてその必要もないとも理解できるかもしれない。しかし、『詩論(*Ars Poetica*)』という題名の原義は「詩の技術」であるから、この題名が正統的であるなら、「技術」は主要テーマのはずである。その上で想起されるのは、プラトーンの対話篇の中で、ソークラテースが詩歌をムーサ女神から贈られる神憑(がか)りの狂気の産物とし(『パイドロス』二四四A、二四五A)、吟唱詩人の口誦は技術ではなく狂気によるものだ、という議論を展開している(『イオーン』、とくに五三三E—五三四B)ことである。ソークラテースが——特に『イオーン』において——詩歌を狂気の産物とするのは、「ムーサの技術」と呼ぶべきは詩歌ではなく哲学であることを示そうとする意図に基づいていた。技術とは、学ぶことで人が誰でも習得可能なもの、現代流に言えば、同品質の製品の再生産を可能にするものである。ところが、吟唱詩人の口誦はそうではない。吟唱詩人個々がもって生まれたものに加えて、口演の場その時々の神憑り的要素が口誦の出来栄えを大きく左右する。そもそも、他人に真似できないものを創出するところに芸術の真価はあるのだから、誰にでもできることなら一流の芸術ではない。それゆえ、口誦がムーサから授かる狂気によるのに対して、ムーサが司る言葉の技術は対話によって万人の合意と理解を形成する哲学の領分だというのである。ソークラテースの論法に従えば、技術が教授可能なものであるのに対し、詩人を真に詩人たらしめるものはある種の狂気であって、それは学習不可能ということになる。

『詩論』でも、詩歌が狂気の産物であるというモチーフが現れる。しかも、それは二度、いずれも重要な位置を占める。最初は、冒頭から続いてきた詩作論から詩人論へ話題が大きく転換するところ（二九五―三〇八）で、この狂気から覚めてしまったことがホラーティウスが詩を書けない理由とされる（三〇一―三〇三）。先に触れたように、「詩を書けない」は『書簡詩』全体と『詩論』との主要な共通点の一つであり、このことからも、このモチーフに『詩論』全体に関わる重要な含意があることがうかがえる。ところが、ここでホラーティウスは、自分では詩を書けなくても、詩人の務めは教えられる（三〇六）と、狂気の産物が伝授可能な技術によって達成可能であるかのように述べ、詩作は技術ではないとしたソークラテースとは異なる方向へ話を導こうとしている。にもかかわらず、この技術に関する最初の教えは、「立派な著作の第一歩と源泉は知識にある。素材はソークラテース派の書物が示してくれるだろうし、素材が手当てできれば言葉はひとりでについてくるだろう」（三〇九―三一一）というものである。ソークラテースの名前が言及されるのは、『書簡詩』第一巻、第二巻を通じてこの個所一度しかない。その一方で、右にも触れたように、ホラーティウスが聞いたという引退勧奨の「声」（一・一・七）はソークラテースが聞いたダイモーンの声を踏まえていること、キケローが「談論というものは、ソークラテース派が最も優れている」（『義務について』一・一三四）と述べていることを考えれば、「ソークラテース」が作品に重要な意味をもつことは間違いない。それだけに唯一の言及には相応の重みがあると考えられると同時に、「ソークラテース派の書物」が提供する材料は『書簡詩』にふさわしいのではないかと推測される。しかし、『書簡詩』は詩とはみなされていない。このように、詩歌と哲学、狂気と技術をめぐって奇妙な不整合がここには認められる。

この不整合は、このモチーフが二度目に現れるところでさらに深まる。というのも、全篇の結び（四五三―四七六）でホラーティウスは、詩人の狂気は死ぬまで治らないものだから、放っておくのが分別ある人のすること、と述べるからである。では、どうしてホラーティウスは狂気から覚めることができたのだろうか。狂気から覚醒したことについて、ホラーティウスは「私は何というへそ曲がりだ」（三〇一）と言っていた。「へそ曲がり」だから、他人は放っておいても、自分の狂気は治せた、ということなのだろうか。加えて、この個所では、狂気の詩人の喩えとして、上ばかり見ていて井戸に落ちた人（四五七—四六〇）が挙げられるが、同様の逸話は「七賢人」の一人に数えられるタレースについて伝えられており、それはプラトーンの『テアイテートス』、つまり「ソークラテース派の書物」に見られる。それゆえ、ここでは、詩人の狂気に関わらないのが賢い人のすることとされながら、「ソークラテース」を介して、詩人と賢人が狂気と視野狭窄の点で同類であるかのように表現されている。ホラーティウスは「冒頭が中盤と、中盤が結びと食い違わないようにする」（一五二）と述べていた。それを実践するはずの『詩論』の結びをこのような「へそ曲がり」そのものとも思われる表現が占めているのは実に不思議である。

さて、右では『詩論』が書簡形式をとりながら、手紙としての「適正」を欠くように見えるという観察から出発して、詩作に求められる「首尾一貫性」、詩歌と詩人をめぐる「狂気」と「技術」といったテーマをめぐって、これらを記すホラーティウスの「へそ曲がり」ぶりを見てきた。ここで気づくのは、そうしたちぐはぐさとは裏腹に、そこに発揮されている機知は『書簡詩』ないし「談論」にふさわしいものと思われるということである。そこで、手紙としての名宛人との関係や個別の状況について——先にはそれが明瞭ではないと記したが——もう少し詳しく見直してみたい。

目を引くのは、「調和」の重要性を示す冒頭部分に続いて、最初になされる詩作に関する教えが「力量に見合う詩題を選べ」（三八—四一）というものであり、命令法を用いて「ピーソー家の人々」に強く訴えかけられていることである。同じような主旨は「誰もが取り上げる題材に個性をもたせて語るのは難しい。君も、イーリオンの歌を劇に仕立てるほうが正しいやり方だ」(一二八―一二九)、「力の及ばぬことは何一つしない人のほうがよほどまさっている」(一四〇)、「時として見栄えのする場面があり、人物描写に優れた芝居は、優雅さに欠け、力強さと技術がなくても、観客を喜ばせ、劇場に引きとめる」(三一九―三二一)といった詩句によって繰り返されている。こうした教えは、溢れる才能を活かしきれていない逸材に対してなされることはあまりないだろう。隠れた才能は大胆な挑戦の場に立つことで真価を発揮するはずだからである。とすれば、このような教えを向けられる「ピーソー家の人々」はあまり才能に恵まれていないことになる。ホラーティウスは、「賞賛に値する詩を作るのは生まれながらの素質か技術か問題になる。私自身は、努力しても豊かな才能が脈打っていなければ、また、天才も磨かなければ、何の力もないと思う」(四〇八―四一〇)というように、詩作には才能と技術(および、その鍛錬)の両方が必須であることを述べているのだから、「ピーソー家の人々」が才能に乏しければ、どれほど技術を磨いても「賞賛に値する詩」は書けない。ところが、ホラーティウスは「君」が詩を作って批判を受けながら、自分の非を改める努力をしなかったと記している(四三八―四四四)。つまり、名宛人は非才である上に、自分の欠点を認める謙虚さも、技術を磨く勤勉さも持ち合わせていない人間のように見える。

そうだとすると、なぜそのような名宛人に『詩論』を送るのかが改めて疑問に思われてくる。「君」の詩を批判したクインティリウスは、「君」が抗弁して「改めようとしないと、彼はそれ以上は何も言わず、徒労を費やさなかった」（四四二―四四三）ということなので、クインティリウスが賢明に避けた「徒労」をホラーティウスは『詩論』で長々と展開したことになるからである。ただ、実際に「徒労」を表現することにホラーティウスの狙いがあったとするなら、いくつか合点するところがある。まずは、費やした苦労が大きければ大きいほど徒労感は募るので、第二巻の中でも際立った『詩論』の長さはこれに寄与するように思われる。また、重ねた苦労が結実を目前にして水泡に帰すのを見るのは、当人にとっては悲惨でも、周囲の人、特にその結果が最初から見えていた人にはある種のおかしみを感じさせる。そうした展開が舞台で演じられれば、劇的皮肉をきかせた古典的な喜劇を構成しうる。『詩論』の場合、徒労はホラーティウス自身のものであることで、その滑稽さは三重になると言えるかもしれない。一つには、ホラーティウスは「へそ曲がり」なので、徒労が徒労と分かっていてあえて自演したとしても不思議ではないように思われるし、そこにおかしみがある。同時に、『詩論』が「徒労」に終わるのは、その教えが名宛人にとっては、言ってみれば馬の耳――あるいはロバの耳（二・一・一九九参照）――に念仏だからで、そこに揶揄の面白味がある。加えて、この揶揄も「へそ曲がり」の「徒労」の中で言われるなら、言われた相手を傷つけることもあまりない一方、そもそも、この名宛人が揶揄に気づくかどうかも分からない、という絶妙な構図が見られる。

この種の滑稽さは「談論」の機知と相通じるだろう。というのも、右で触れたように、キケローが「談論」について述べた注意には、ソークラテースの対話のように、ゆったりとして強情にならず、機知をそなえる、怒りなどの激情を排し、悪口や侮辱を戒める、といったことがあったが、これらに合致するように思われるからである。ただし、自分を「へそ曲がり」と言うことは「第一に用心すべきは、談論をする中で性格に欠点があると見咎められないようにすること」(『義務について』一・一三四)という助言に反するように見える。しかし、それも、キケローの忠告がローマの次代を担う若者、つまり、これから国家の要職という高みを目指す人間に向けられているのに対して、ホラーティウスの『談論』は「地面に這いつくばる」ものであるということから理解できるかもしれない。自己アイロニーによって、自惚れとは反対のイメージを生み、ユーモアが加味されていると思われるからである。

以上、『詩論』について訳者なりの見方を記した。はじめは『詩論』は手紙の特性を活かしていないように見えると書いたのに、最後には「へそ曲がり」にふさわしい手紙として機知を発揮しているという解釈になってしまった。首尾一貫性の欠如をご容赦いただきたい。また、当初の心づもりよりずいぶん長く書き連ねてしまった。徒労でなかったことを祈るばかりである。

参照文献

本書の訳出にあたって参照した文献は、次のとおりである。

翻訳・注釈

『ホラーティウス詩論』田中秀央・黒田正利訳、岩波書店、一九二七年。

ホラーティウス『書簡集』田中秀央・村上至孝訳、生活社、一九四三年。

ホラチウス『詩人の心得』久保正彰訳、『世界大思想全集』（哲学・文芸思想篇）第二一巻、河出書房新社、一九六〇年。

ホラーティウス『諷刺詩』（抄）、高津春繁訳、『世界人生論全集』第二巻、筑摩書房、一九六三年。

ホラティウス『諷刺詩集』鈴木一郎訳、泉井久之助訳者代表『世界文学大系』第六七巻「ローマ文学集」筑摩書房、一九六六年。

ホラティウス『詩論』鈴木一郎訳、泉井久之助訳者代表『世界文学大系』第六七巻「ローマ文学集」筑摩書房、一九六六年。

ホラーティウス『詩論』外山弥生訳注、研究社出版（英米文芸論双書）、一九七一年。

ホラーティウス『歌章』藤井昇訳、現代思潮社（古典文庫）、一九七三年。

『ギリシア・ローマ抒情詩選——花冠』呉茂一訳、岩波書店（岩波文庫）、一九九一年。

ホラーティウス『詩論』岡道男訳、『アリストテレース詩学　ホラーティウス詩論』松本仁助・岡道男訳、岩波書店（岩波文庫）、一九九七年。

『ホラティウス全集』鈴木一郎訳、玉川大学出版部、二〇〇一年。

Horace, *Satires, Epistles and Ars Poetica*, with an English translation by H. Rushton Fairclough, Cambridge, Mass.: Harvard University Press (Loeb Classical Library), 1929.

Horace, *Épîtres, Livre I*, édition, introduction et commentaire de Jean Préaux, Paris: Presses universitaires de France, 1968.

Horace, *Satires and Epistles*, with introduction and notes by Edward P. Morris, Normann: University of Oklahoma Press, 1974.

Brink, C. O., *Horace on Poetry*, 3: *Epistles Book II: The Letters to Augustus and Florus*, Cambridge: Cambridge University Press, 1982.

Horace, *Epistles Book II and Epistle to the Pisones* (‘*Ars Poetica*’), edited by Niall Rudd, Cambridge: Cambridge University Press, 1989.

Horace, *Epistles Book I*, edited by Roland Mayer, Cambridge: Cambridge University Press, 1994.

参考書

Brink, C. O., *Horace on Poetry*, 1: *Prolegomena to the Literary Epistles*, Cambridge: Cambridge University Press, 1963.

Davis, Gregson (ed.), *A Companion to Horace*, Chichester: Wiley-Blackwell, 2010.

Hardison, O. B. Jr. and Leon Golden (eds.), *Horace for Students of Literature: The "Ars Poetica" and Its Tradition*, Gainesville: University Press of Florida, 1995.

Harrison, Stephen (ed.), *The Cambridge Companion to Horace*, Cambridge: Cambridge University Press, 2007.

McCarter, Stephanie, *Horace between Freedom and Slavery: The First Book of Epistles*, Madison: University of Wisconsin Press, 2015.
Morello, Ruth and A. D. Morrison (eds.), *Ancient Letters: Classical and Late Antique Epistolography*, Oxford: Oxford University Press 2007.
Woodman, Tony and Denis Feeney (eds.), *Traditions and Contexts in the Poetry of Horace*, Cambridge: Cambridge University Press, 2002.

＊本書は、講談社学術文庫のための新訳です。

ホラーティウス（Quintus Horatius Flaccus）

前65-前8年。古代ローマを代表する詩人。アウグストゥスの時代に生き，ウェルギリウスと並び称される。代表作は『詩論』を含む本書のほか『諷刺詩』，『カルミナ』など。

高橋宏幸（たかはし　ひろゆき）

1956年生まれ。京都大学教授。専門は，西洋古典学。著書に，『カエサル『ガリア戦記』』ほか。訳書に，ウェルギリウス『アエネーイス』（共訳），『セネカ哲学全集』第5巻，『カエサル戦記集』（全3冊）ほか。

定価はカバーに表示してあります。

書簡詩（しょかんし）

ホラーティウス

高橋宏幸（たかはしひろゆき） 訳

2017年11月10日　第1刷発行

発行者　鈴木　哲
発行所　株式会社講談社
東京都文京区音羽 2-12-21 〒112-8001
電話　編集（03）5395-3512
販売（03）5395-4415
業務（03）5395-3615
装　幀　蟹江征治
印　刷　株式会社廣済堂
製　本　株式会社国宝社
本文データ制作　講談社デジタル製作

ISBN978-4-06-292458-0

「講談社学術文庫」の刊行に当たって

これは、学術をポケットに入れることをモットーとして生まれた文庫である。学術は少年の心を養い、成年の心を満たす。その学術がポケットにはいる形で、万人のものになることは、生涯教育をうたう現代の理想である。

こうした考え方は、学術を巨大な城のように見る世間の常識に反するかもしれない。また、一部の人たちからは、学術の権威をおとすものと非難されるかもしれない。しかし、それはいずれも学術の新しい在り方を解しないものといわざるをえない。

学術は、まず魔術への挑戦から始まった。やがて、いわゆる常識をつぎつぎに改めていった。学術の権威は、幾百年、幾千年にわたる、苦しい戦いの成果である。こうしてきずきあげられた城が、一見して近づきがたいものにうつるのは、そのためである。しかし、学術の権威を、その形の上だけで判断してはならない。その生成のあとをかえりみれば、その根は常に人々の生活の中にあった。学術が大きな力たりうるのはそのためであって、生活をはなれた学術は、どこにもない。

開かれた社会といわれる現代にとって、これはまったく自明である。生活と学術との間に、もし距離があるとすれば、何をおいてもこれを埋めねばならない。もしこの距離が形の上の迷信からきているとすれば、その迷信をうち破らねばならぬ。

学術文庫は、内外の迷信を打破し、学術のために新しい天地をひらく意図をもって生まれた。文庫という小さい形と、学術という壮大な城とが、完全に両立するためには、なおいくらかの時を必要とするであろう。しかし、学術をポケットにした社会が、人間の生活にとってより豊かな社会であることは、たしかである。そうした社会の実現のために、文庫の世界に新しいジャンルを加えることができれば幸いである。

一九七六年六月

野間省一

西洋の古典

君主論
ニッコロ・マキアヴェッリ著／佐々木　毅全訳注
大文字版
近代政治学の名著を平易に全訳した大文字版。乱世のルネサンス期、フィレンツェの外交官として活躍したマキアヴェッリ。その代表作『君主論』を第一人者が全訳し、権力の獲得と維持、喪失の原因を探る。
1689

ギリシャ神話集
ヒュギーヌス著／松田　治・青山照男訳
壮大無比なギリシャ神話の全体像を俯瞰する。紀元二世紀頃、ギリシャの神話世界をローマの大衆へ伝えるために編まれた、二七七話からなる神話集。各話は極めて簡潔に綴られ、事典的性格を併せもつ。本邦初訳。
1695

マルクス・アウレリウス「自省録」
マルクス・アウレリウス著／鈴木照雄訳
ローマ皇帝マルクス・アウレリウスはストア派の哲学者でもあった。合理的存在論に与する精神構造を持つ一方、文章全体に漂う硬質の色を帯びる無常観。哲人皇帝マルクスの心の軋みに耳を澄ます。
1749

共産党宣言・共産主義の諸原理
K・マルクス、F・エンゲルス著／水田　洋訳
全人類の解放をめざした共産主義とはなんだったのか。力強く簡潔な表現で、世の不均衡・不平等に抗する労働者の闘争を支えた思想は、今なお重要な示唆に富む。斯界の泰斗による平易な訳と解説で読む、不朽の一冊。
1931

アリストテレス「哲学のすすめ」
廣川洋一訳・解説
大文字版
哲学とはなにか、なぜ哲学をするのか。西洋最大の哲学者の「公開著作」十九篇のうち唯一ほぼ復元された、哲学的に重要な著作を訳出、解説を付す。古代社会で広く読まれた、万学の祖による哲学入門が蘇る！
2039

カント「視霊者の夢」
金森誠也訳（解説・三浦雅士）
霊界は空想家がでっち上げた楽園である——。同時代の神秘思想家スヴェーデンボリの「視霊現象」を徹底検証し、哲学者として人間の「霊魂」に対する見解を示す。『純粋理性批判』へのステップとなった重要著作。
2161

西洋の古典

道徳感情論
アダム・スミス著／高　哲男訳

『国富論』に並ぶスミスの必読書が、読みやすい訳文で登場！「共感」をもベースに、個人の心に「義務」「道徳」が確立される、新しい社会と人間のあり方を探り、「調和ある社会の原動力」を解明した必読書！

2176

役人の生理学
バルザック著／鹿島　茂訳・解説

「役人は生きるために俸給が必要で、職場を離れる自由もなく、書類作り以外能力なし」。観察眼が冴え渡る抱腹絶倒のスーパー・エッセイ。バルザック他、フロベール、モーパッサンの「役人文学」三篇も収録する。

2206

神曲　地獄篇
ダンテ・アリギエリ著／原　基晶訳

ウェルギリウスに導かれて巡る九層構造の地獄。地獄では生前に悪をなした教皇、聖職者、作者の政敵が、神による過酷な制裁を受けていた。原典に忠実で読みやすい新訳に、最新研究に基づく丁寧な解説を付す。

2242

神曲　煉獄篇
ダンテ・アリギエリ著／原　基晶訳

知の麗人ベアトリーチェと出会い、地上での罪の贖いの場＝煉獄へ。ダンテはここで身を浄め、自らを高めていく。ベアトリーチェに従い、ダンテは天国に昇る。古典の最高峰を端整な新訳、卓越した解説付きで読む。

2243

神曲　天国篇
ダンテ・アリギエリ著／原　基晶訳

天国では、ベアトリーチェに代わる聖ベルナールの案内により、ダンテはついに神を見て、合一を果たし、三位一体の神秘を直観する。そしてついに、三界をめぐる旅は終わる。古典文学の最高峰を熟読玩味する。

2244

ジャーナリストの生理学
バルザック著／鹿島　茂訳・解説

今も昔もジャーナリズムは嘘と欺瞞だらけ。大文豪が新聞記者と批評家の本性を暴き、徹底的に攻撃する。バルザックは言う。「もしジャーナリズムが存在していないなら、まちがってもこれを発明してはならない」。

2273

西洋中世奇譚集成　魔術師マーリン
ロベール・ド・ボロン著／横山安由美訳・解説

神から未来の知を、悪魔から過去の知を授かった神童マーリン。やがてその力をもって彼はブリテンの王家三代を動かし、ついにはアーサーを戴冠へと導く。波乱万丈の物語にして中世ロマンの金字塔、本邦初訳！

2304

人間不平等起源論　付「戦争法原理」
ジャン＝ジャック・ルソー著／坂倉裕治訳

身分の違いや貧富の格差といった「人為」で作り出された不平等こそが、人間を惨めで不幸にする。この不平等の起源と根拠を突きとめ、不幸を回避する方法とは？　幻の作品『戦争法原理』の復元版を併録。

2367

論理学　考える技術の初歩
E・B・ド・コンディヤック著／山口裕之訳

ロックやニュートンなどの経験論をフランスに輸入・発展させた十八世紀の哲学者が最晩年に記した、若者たちのための最良の教科書。これを読めば、難解な書物も的確に、すばやく読むことができる。本邦初訳。

2369

人間の由来（上）（下）
チャールズ・ダーウィン著／長谷川眞理子訳・解説

『種の起源』から十年余、ダーウィンは初めて人間の由来と進化を本格的に扱った。昆虫、魚、両生類、爬虫類、鳥、哺乳類から人間への進化を「性淘汰」で説明。我々はいかにして「下等動物」から生まれたのか。

2370・2371

愉しい学問
フリードリヒ・ニーチェ著／森　一郎訳

『ツァラトゥストラはこう言った』と並ぶニーチェの主著。随所で笑いを誘うアフォリズムの連なりから「永遠回帰」の思想が立ち上がり、「神は死んだ」という鮮烈な宣言がなされる。第一人者による待望の新訳。

2406

革命論集
アントニオ・グラムシ著／上村忠男編・訳

イタリア共産党創設の立役者アントニオ・グラムシの、本邦初訳を数多く含む待望の論集。国家防衛法違反の容疑で一九二六年に逮捕されるまでに残した文章を精選した。ムッソリーニに挑んだ男の壮絶な姿が甦る。

2407

西洋の古典

アルキビアデス　クレイトポン
プラトン著／三嶋輝夫訳

ソクラテス哲学の根本を伝える二篇。自惚れの強い軍人に対しては自己の認識から人間一般への理解を試み（アルキビアデス）、『国家』にも登場する政治家には「徳」のありようと、その修得を問う（クレイトポン）。

2408

死に至る病
セーレン・キェルケゴール著／鈴木祐丞訳

「死に至る病とは絶望のことである」。この鮮烈な主張を打ち出した本書は、キェルケゴールの後期著作活動の集大成として燦然と輝く。最新の校訂版全集に基づいてデンマーク語原典から訳出した新時代の決定版。

2409

星界の報告
ガリレオ・ガリレイ著／伊藤和行訳

月の表面、天の川、木星……。ガリレオにしか作れなかった高倍率の望遠鏡に、宇宙は新たな姿を見せた。その衝撃は、伝統的な宇宙観の破壊をもたらすことになる。人類初の詳細な天体観測の記録が待望の新訳！

2410

自然魔術
G・デッラ・ポルタ著／澤井繁男訳

イタリア・ルネサンス末期に活躍した自然探求者デッラ・ポルタ。地中海的な知の伝統のなかに生まれ、実験と観察を重視する研究態度は「白魔術」とも評された。プリニウス『博物誌』と並び称される主著の抄訳。

2431